「……うわぁすごい、こんな感じなんだ――
本当にぷにぷにですね……」
「う、
いでしょ？
恥ずかしいから
これで終わりに――」
プラム
Pullum
アルカード出身の騎士科の少女。
アルカードの王子ラティに
好意を寄せている。
イングリス
（クリス）
Inglis
遥か未来で美少女に転生した元英雄王。
現在は北国アルカードに潜入任務中。

「ごきげんよう――お久しぶりですね？
お変わりないようで何よりです」

『どういう事だ——この霊素《エーテル》は
確かにあの老王の波動のはず……!?』
神竜
フフェイルベイン
Ancient Dragon/Fufailbane
アルカードの地中深くに眠っていた神竜
前世のイングリス王とは
浅からぬ因縁を持つ。
可憐な花のように微笑むイングリスの姿を見て、
神竜は戸惑った様子だった。
この巨大な竜に表情などは無いが、
慎重に窺うように、首を傾けている。

「ははははっ！
冗談は止すんだな――
君なぞにできるものか……！」
イーベル
Evel
大戦将《アークロード》の位に付く天上人《ハイランダー》。
黒仮面の男によって消滅したかに
思われていたが……

英雄王、武を極めるため転生す
～そして、世界最強の
見習い騎士♀～ 6

ハヤケン

HJ文庫
969

口絵・本文イラスト　Ｎａｇｕ

Eiyu-oh,
Bu wo Kiwameru tame
Tensei su.
Soshite, Sekai Saikyou no
Minarai Kisi “♀”.

CONTENTS

第1章 15歳のイングリス 神竜と老王(元) その1

「では？　胸元《むなもと》はちょっと開いててね、袖《そで》の所はひらひらした飾《かざ》りがあって——」

「——ふんふん……こんな感じ？」

「あ、そうそう！　さすがラニだね」

「そりゃあ、クリスを着飾《きかざ》らせるのはあたしの得意技《とくい》だからね～♪」

ラフィニアは得意そうに胸を反らす。

今イングリスとラフィニアの二人は、船体に穴の開いた機甲親鳥《フライギアポート》の甲板《かんぱん》の上に紙を広げて、楽しそうに話し合っていた。

イングリスの注文に合わせて、ラフィニアが紙にペンを走らせると、ひらひらとした飾りの付いた、儀礼《ぎれい》用のドレスのようなものが描《か》き上がって行く。

「色は水色と白かな？　可愛《かわい》いわね～。こんな所で着るには寒いと思うけどね？」

「大丈夫《だいじょうぶ》だよ。きっとすぐ温かくなるから」

「？　どういう事？　そんな魔印武具《アーティファクト》みたいな効果のある服なんて作れないわよ、あたしは」

「ん？　いいからいいから、作れそう？」

「そうね。持ってきた物資は無事だったし――」

と、ラフィニアは積み荷の大きな一つに半身を突《つ》っ込《こ》んで――

「ん……！　ほらあったわ！　これならクリスの言う通りの服が作れると思うわ！」

その手には、淡《あわ》い水色と白の布地が握《にぎ》られている。

「お……！　良かった、じゃあ早速《さっそく》お願い」

「おっけー！　任せなさいっ！」

そんな二人を窘《たしな》めるように、声を上げる者がいた。

「ちょっと待ってくれ君達《たち》……！　今はそんな事をして遊んでいる場合じゃ無いんじゃないか――⁉」

解放されたリックレアの生き残りの中にいた、アルカードの騎《き》士《し》の一人だった。

二十代半ばほどの年齢《ねんれい》だが、生き残りの騎士の中では彼《かれ》が最も位が高く、代表格のようだ。名は確かルーインだと言っていた。

「もちろん、何か意味はあるんでしょ？」

ラフィニアはそれを信じて疑っていない様子だ。

「え？　うん一応ね――これは神竜の声を聴《き》くための巫女《みこ》装束だよ。これを着たら、神竜と交信ができるようになるらしいよ」

らしい、とは言ったものの、前世のイングリス王が実際に見たものをラフィニアに伝えたのだ。実際前世において、神竜の巫女と名乗る女性は、あの巫女装束を纏《まと》って神竜フフエイルベインとの交信に臨《のぞ》んでいた。

その衣装そのものにも、微弱《びじゃく》な魔素《マナ》は宿っていたように思うが、それよりも神竜自体がその装束を見ると敵意を弱め、戯《たわむ》れにでも向こうから交信を取る気になってくれる事が大きいように思えた。

巫女曰《いわ》く神竜に若い娘《むすめ》の生贄《いけにえ》を捧《ささ》げ続けた事による習慣、習性だそうだ。

そういう事であれば、形から入ればイングリスにも神竜と交信ができるはず。

神竜と対話をし、この世界に何があったのか、ぜひとも尋《たず》ねてみたいと思うのだ。

そしてその後は、自分を生贄と思って襲《おそ》ってくれれば結構。望むところである。

この件に関して言えば、前世の男性の体よりも、今の女性の体の方が色々と便利だ。

「え？　あれと話したいの？」

と、ラフィニアは眼下のリックレアの街跡《あと》を指差す。

巨大《きょだい》な大穴が穿《うが》たれたそこには、そそり立つ巨木《きょぼく》のような竜の尾《お》が存在していた。

リックレアを荒《あ》らしていた教主連合派の天恵武姫《ハイラル・メナス》──ティファニエを追い払《はら》った後、イングリス達は戦場から離《はな》れた位置に着陸させていた機甲親鳥《フライギアポート》をここまで運んできた。ティファニエの一撃《いちげき》によって損傷していたものの、応急処置を施《ほどこ》し低速だが飛べるようには機能を回復させる事が出来た。

取りに行って、戻《もど》ってくるまで半日程《ほど》──その間、神竜の尾の様子に変化はない。

「だって食べさせてもらうんだから、いただきますくらい言った方がいいでしょ？」

「あははっ。それもそうね」

「やっぱり食べる気なのね……！」

レオーネが改めて呆《あき》れ半分の声を上げる。

「ま、まあこの方たちですから──ですが、そんな事を仰《おっしゃ》っていますと、また……」

とリーゼロッテの懸念《けねん》した通り、アルカードの騎士ルーインは益々納得《ますますなっとく》いかない様子だった。

「いやいやいや、待ってくれ……！　そもそもあんなもの、すぐに動かないならば放っておけばいい。最低限の見張りだけ立てておけばいいだろう。それよりも、今すぐ王都に向かうべきだ。天恵武姫《ハイラル・メナス》を追い払った事を陛下にお伝えせねば」

「それなら、王都と国境のアルカード軍の駐屯地《ちゅうとんち》への使いは、機甲鳥《フライギア》をお貸しして出したはずですが？」

「いや、ラティ王子が自ら堂々の凱旋《がいせん》をなさるべきだ……！　そうでなければ、この大いなる御手柄《おてがら》が――！」

「何も動こうとしなかったような日和見《ひよりみ》の者達の手によって、葬《ほうむ》り去られる――と？」

「そうだ。私はラティ王子によって救われたこの命、王子のために捧げる覚悟《かくご》……！　王子の事を考えればこそ……！」

この騎士――ルーインの言わんとしていることも分かる。

政権中枢《ちゆうすう》でこれから起こる争いに乗り遅《おく》れてはならない、という事だ。

本気でラティに尽《つ》くそうというのもその通りなのだろう。無論、それにより自分の立身出世も同時に果たされるというのもあるだろう。

それは否定するような事ではない。ラティが王になるならば、必要な味方である。

だが――まだ早い。

「いいえ、それはいけません。早過ぎます。まだ大事な事をやり残しています」

イングリスはそう言って首を振《ふ》った。

「……どういう事だ？」

ルーインはそうイングリスに問いかける。

「天上領《ハイランド》からやって来た天恵武姫《ハイラル・メナス》の脅威《きょうい》は確かに去りました。ですが、このリックレアの周囲一帯の住民の皆《みな》さんは、ティファニエさん達の略奪《りゃくだつ》のせいで、食料を奪《うば》われて飢《う》えたままです。このままでは、食料不足による大量の餓死者《がししゃ》が出かねません。それを放置してこの地を去るのは、天恵武姫《ハイラル・メナス》を止められなかった場合と何が違《ちが》います？　住民の皆さんが行き着く先は同じではありませんか？」

それを聞いて、ルーインはハッとしたようだ。

もしかしたらリックレアに長い間囚《とら》われていて、周辺地域の状況《じょうきょう》は全く把握《はあく》できていなかったのかもしれない。

「た、確かにそういう状況にまで追い込まれているのであれば――見過ごせん事だ……それはいつ頃《ごろ》の話だ？　君たちが直接見たのか？」

「つい最近です。あたし達、ここに来る前に沢山《たくさん》の人達が食べ物が無くなって苦しんでるのを見てきました――！」

「本当だぜ。俺《おれ》も一緒《いっしょ》に来たからな。早く何とかしてやらねえと――」

ラフィニアの後にラティが続ける。

「ぬう……そうですか――いや、でしたら余計にラティ王子は王都方面に向かわれるべきでは!?　国王陛下に願い出て、こちら方面に食料を援助《えんじょ》して頂くのです！　国境の軍の駐屯地から回してもいい！　王子がいらっしゃる方が、話を進めやすかろうと思います！」

「そうすんなりと事が運びますか？　事態は一刻を争うと思いますが――」

「だが、この周辺一帯に食料がないならば、ある所から持って来る他《ほか》は無いだろう？　と
にかく最善を尽くすべきだ――」

「いや、食料ならそこにありますよ？　ほら――」

と、イングリスは眼下に見える神竜の尾を指差す。

話が最初の、神竜フフェイルベインに戻って来た形だ。

「――！　あ、あれを斃《たお》して食料として住民達に配るつもりなのか……⁉」

「ええ。それが一番早いでしょう？」

イングリスはルーインに笑顔《えがお》を向けた。

そもそもその目算がなければ、ティファニエやハリム達が食料を積んでいたはずのリッ
クレアの街をそのまま見過ごしていない。

食料だけは奪い返すことが必須《ひっす》になっていたはずだ。

だがそうすれば交渉《こうしょう》はより複雑になり、また食料を運び出させる時間もかかったはず。

気絶していたティファニエが起き出して、話が頓挫《とんざ》した可能性もある。

彼女《かのじょ》は見た目こそ愛くるしい清純な乙女《おとめ》だが、その頭脳は狡猾《こうかつ》で計算高い。

エリスやリップルのような、見た目も心も美しい天恵武姫《ハイラル・メナス》とは根本的に質が異なる。

こちらは食料不足の住民のために食料確保が必要だという事情を見抜《みぬ》いて、厄介《やっかい》な条件を突き付けてきただろうし、神竜の存在に前任のイーベルの何らかの狙《ねら》いを感じ、大人しく去ろうとしなかったかもしれない。

そうなればそうなったで、そこは力に訴《うった》えて完全にとどめを刺《さ》すまでなのだが——

そうすればイングリスの余力は尽き、神竜がすぐに動き出した場合に対処できなかっただろう。

となると、面倒《めんどう》そうなティファニエが眠《ねむ》っているうちに、彼女の身を第一に考えている様子のハリム相手に交渉を纏《まと》めて追い払うのが一番だった。

そして、住民への食料供給はリックレアの残りの食料を奪い返すのではなく神竜に求める。その方がティファニエに邪魔《じゃま》されずに神竜と戦えるし、美味だと噂《うわさ》に名高い竜の肉を食べる事も出来る。あの交渉の時、すでにこのくらいの算段はしていたのだ。

結果的に神竜はすぐには動き出さずこのままで、半日置いたためイングリスの疲労《ひろう》も回復してきてはいる。もう一晩も寝《ね》れば、完全に回復できるだろう。

そこは取《と》り越《こ》し苦労《ぐろう》だったが、それは結果論だ。あの時の判断はあれでよかったと思っている。

「ここで食料を確保し、住民の皆さんの食料不足を解決します。その時、ラティの姿を皆さんが直接目にすることが出来れば、より名声は高まるでしょう？　これからまだもう一つ大きな手柄《てがら》を作るのですから、まだ早いと言いました」

その手柄と名声は、きっちりとラティに受け取ってもらわないと困るのだ。

自分にそんなものを押《お》し付けられては、面倒である。

「な、なるほど……！　そういう事だったのか。す、すまない……深い考えがあるのも知らずに——この通り、許して頂きたい」

ルーインはイングリスを見直したと言わんばかりに、深く頭を下げた。

しかしそれ以上に目をキラキラ輝《かがや》かせ、喜んだのはラフィニアである。

「やるじゃない！　いいわよクリス！　美味《おい》しい食べ物に目がくらんだだけじゃなかったのね……！　偉《えら》い、偉いわよ——！」

抱《だ》き着いて、頭をぐりぐり撫《な》でられた。

喜んでもらえるのは結構なのだが——

「ちょっと待ってラニ、なんで今そういう反応なの？　分かってて付き合ってくれてたんじゃないの？」

「……へ？　いやあ、飢えたクリスに理屈《りくつ》は通用しないし……あたしもお腹《なか》空いてたし、ついーーえへへっ」

ラフィニアは、ちょっと舌を出して照れ笑いして見せる。

見え透《す》いた誤魔化《ごまか》しなのだが、孫娘《まごむすめ》を見る祖父の視点だと、可愛らしいのでつい許してしまう。

「……」

それ以上何も言わず、レオーネとリーゼロッテの方を見てみる。

「すごいわ！　いい考えよ！」

「素晴《すば》らしいですわね！」

二人とも、顔を輝かせている。

「…………」

どうやら二人にも伝わっていなかったらしい。ちょっと悲しくなってきた。

普段《ふだん》の自分は、いったいどのように思われているのかーー
「……もう、とにかくそういう事だから、衣装をよろしくね」

「分かったわ！　よりやる気が出るってものよね！」

「私も手伝います！　手伝わせてください、何か役に立ちたいんです……！」

「ありがと、プラム。じゃあ早速やるわよ！」

「じゃあわたしは、戦いの前の腹ごしらえでもしておこうかな――」

機甲親鳥《フライギアポート》には、もう残り少ないが食料も少しは積まれている。

これから神竜の肉を大量獲得《かくとく》するのだから、これはもう食べてしまっても構わないだろう。お腹が空き過ぎていれば、本来出る力も出なくなってしまう。

「あ、ずるいわよクリス！　あたしもお腹空いてるのよ！　独《ひと》り占《じ》めは許さないわ！」

「いやでも、ラニは急いで衣装を――」

「お腹空いてたら手が震《ふる》えて、いい服が縫《ぬ》えないわ！　クリスに着せる以上、恥《は》ずかしいものは作れないし――まずは腹ごしらえよ！」

「あはは。じゃあ私が先にやってますから、ラフィニアちゃんはご飯にして下さい」

「うん！　ありがと。お願いね、プラム」

「じゃあ――」

「「レオーネ、ご飯の準備お願い！」」

イングリスとラフィニアは、満面の笑《え》みで口を揃《そろ》えた。

「もう、すぐ私にやらせようとするんだから……」

「「だってレオーネが作ったほうが美味しいから」」

「まあ、褒《ほ》めてくれるのは嬉《うれ》しいけど――はいはい分かったわ。ちょっと待っててね」

そんなイングリス達の様子を見ていたルーインは、また不安になってラティに問いかけるのだった。

「ラティ王子……彼女達《かのじょたち》に任せて、本当に大丈夫なのでしょうか――？　あの様子は、あまりに普通《ふつう》の少女のようで……可愛らしいのは結構ですが、あのか弱そうな娘《むすめ》達が、あのような巨大な化物をどうにかできるようには――」

「ん？　大丈夫だよ。そんな事言ってられるのも今だけだからな――」

「はあ……？　どういう事でしょう？」

「あいつらが飯食ってるとこ見たら、まず可愛らしいとか吹《ふ》っ飛ぶからな。戦うとこ見たら、か弱いってのも吹っ飛ぶ。敵の天恵武姫《ハイラル・メナス》を追い払ったのは、イングリスが殆《ほとん》ど一人でやったんだぜ？　あいつがどうにもできねえなら、この国の誰《だれ》でもあの竜はどうしようもねえって事だ」

「そ、それ程なのですか――？」

ルーインが息を呑《の》んだ時――

「ちょっとラティ、何を話してるのか知らないけど、リックレアに着く前に言ってた事、あたしは忘れてないわよ！　ご飯待ってる間暇《ひま》だから、ちょうどいいわ！　こっちに来て言っちゃいなさいよ！」

ここリックレアに向かう前のこと――

兄ハリムが国よりもティファニエに付いて裏切った事により、今後の立場が難しくなるであろうプラムを守るためなら、王になって権力を使う事も躊躇《ためら》わないとラティは語っていた。

その覚悟を聞いたラフィニア達は、プラムを助けてプロポーズだ、などと盛り上がっていたが――ラフィニアは今、その事を突っついているのだった。

「馬鹿《ばか》言え！　今はそんな状況じゃねーだろ！　全部綺麗《きれい》に片づいてからだ、全部！　それにそういう大事な事を、飯待ちの暇潰《ひまつぶ》しに使うんじゃねー！」

「えぇぇぇ～約束が違うわよ！」

「んな約束してねえから、そもそも！」

「何の話ですか？　楽しそうですね？」

プラムも話に入ってきてしまった。

「うわぁぁ何でもない、何でもないから――！　お前は早く、イングリスの服を作ってやれ！　急ぐんだからな……！」

ラティは慌《あわ》ててそう言って、誤魔化していた。

◆◇◆

そして――

「うん、いいわよ――！　可愛い可愛い、ぴったりだわ！　ほんとクリスは何着せても似合うから、作り甲斐《がい》があるわよね～♪」

目の下にちょっと隈《くま》を作ったラフィニアが、手鏡でイングリスの姿を映してくれる。

その中に映るイングリス自身は、巫女衣装の凛《りん》とした厳《おごそ》かさを身に纏いながらも、胸元や肩口《かたぐち》の少し多めに肌《はだ》の見える部分からは、それと正反対の艶《なま》めかしさも醸《かも》し出している。

一言でいうと、魅力的《みりょくてき》だ。

可能ならもっと大きな姿見で、一人でゆっくり自分の姿を堪能《たんのう》したいものだ。

「本当ですね――肌も凄《すご》く綺麗だし、胸も大きくて……憧《あこが》れちゃいます。いいなぁ」

ラフィニアと同じように目の下に隈を作ったプラムも、目を輝かせていた。

「せっかくだから触《さわ》り心地《ごこち》も確かめとけば？　ぷにぷにして気持ちいいのよ、これが」

「こ、こら、ラニ……！　当たり前に人の胸を触らないで――！」

「いいじゃない、服作ってあげたんだから。そのお礼は体で払ってもらうわよ？」

「う……!?」

「ほらほら、プラム。遠慮《えんりょ》せずに触っちゃって、いいからいいから」

「じゃ、じゃあせっかくだから……うわぁすごい、こんな感じなんだ――本当にぷにぷにですね……」

「うぅ……も、もういいでしょ？　恥ずかしいからこれで終わりに――」

「リーゼロッテもせっかくだからどう？　今なら触り放題よ」

ここは機甲親鳥《フライギアポート》の甲板上に張った野営用のテントの中だ。

イングリス、ラフィニア、プラムの三人だけではなく、レオーネとリーゼロッテも一緒に五人で使っていた。

ラティやルーイン、それに他のアルカードの騎士や、リックレアの生き残りの住民達も、それぞれにテントで休んでいた。

機甲親鳥《フライギアポート》の円形で広い船体と甲板は、こうして多人数が安全な空中で休む事が出来るように、という設計思想でそうなっている。

数十人規模までの部隊行動における、移動拠点《きょてん》の役割である。

それはそうと、ラフィニアに誘《さそ》われたリーゼロッテはごほんと一つ咳払《せきばら》いをする。

「は、はしたないですわよ。感心できませんわ」

さすがリーゼロッテは生真面目《きまじめ》で品行方正なお嬢様《じょうさま》だ。

まあ、この場で一番はしたない人も、れっきとしたビルフォード侯爵《こうしゃく》家のお嬢様なのだが。

ともかく助かる。これで話の流れも変わるはず――

「ですがまあ、どうしてもというのであれば……自分にないものを知っておくのは勉強になりますわ」

「リーゼロッテまで……！」

ラフィニアとプラムは細身で、胸の方の発育はあまりよろしくはない。

が、リーゼロッテは無くはない、平均的だ。それでも実は興味はあったらしい。

「じゃあどうしてもどうしても♪　ほら来なさいよ、たぷんたぷんよ」

「うわぁ――これはかなり重いですわね。すごいですわ――」

こうなったらもう、頼《たよ》れるのは一人しかいない。

「レオーネ、そろそろ助けて……！」

「あはは……が、頑張《がんば》ってね――」

レオーネは自分に被害《ひがい》が及《およ》ばないように、テントの隅《すみ》っこの方に避難《ひなん》して、自分の胸を腕《うで》で隠《かく》すように防御《ぼうぎょ》態勢を取っていた。

次に自分に矛先《ほこさき》が向いてきそうな事を、いち早く察知しているのだ。

「レオーネ……！　そんな薄情《はくじょう》だよ――――！」

「ほ、ほらリンちゃんはこっちで引き受けてるから……これで許して？」

確かにレオーネの胸元にはリンちゃんが陣取《じんど》っているので、ある意味リンちゃんは引き受けてくれているとも取れる。

本来ならラフィニア達にリンちゃんまで加わってきても可笑《おか》しくはない。

「ほらほら、よそ見してると、もっと揉《も》みまくっちゃうわよ～♪」

「ひゃあっ……!?　そ、そんなヘンな触り方――――！　も、もういいでしょ……!?　早くあの竜の所のいかないと……！」

「んーまあそうね。そろそろいいかな？　十分クリスのもちもちを堪能したし……」

「はい。凄かったです、やっぱり羨《うらや》ましいですね」

「いい勉強になりましたわ……」

ラフィニアがそう言ってくれたので、ようやくイングリスは三人からの攻撃《こうげき》から解放される。

「ふう――――やっと終わった……じゃあ、お遊びはこれくらいにして、今からあの竜の所に行ってみるね？　ラニとプラムは疲《つか》れただろうから、休んでてくれていいよ？」

「いやあたしも行くわよ。今から竜の美味しい肉を採って食べるんでしょ？　寝過《ねす》ごして食べられないなんて嫌《いや》だし！」

「私も出来る事があればお手伝いしたいです――！　お兄ちゃん達に食料を奪われて困っている人達を助けるために、少しでも何かしたいから……！」

「うん、じゃあ一緒に行こう！　いいわよね、クリス！」

「そうだね。二人にお願いしてみたい事もあったし――」

「当然、私達も手伝うわよ」

「ですわね、皆で参りましょう」

イングリス達はテントを出て機甲鳥《フライギア》に分乗し、神竜の尾が突き出したリックレアの跡地《あとち》へと降りる事にした。

◆◇◆

機甲親鳥《フライギアポート》から出撃《しゅつげき》した機甲鳥《フライギア》は三機。

イングリスとラフィニアが乗る星のお姫様号《スター・プリンセス》に、残り二機は機甲親鳥《フライギアポート》に備え付けのもの。

レオーネとリーゼロッテ、ラティとプラムがそれぞれに搭乗《とうじょう》している。

本当ならラティは機甲親鳥《フライギアポート》に残っていた方がいいが、本人がどうしても聞かなかった。

この場の総大将役としての責任感と、プラムが心配だというのと、そのどちらも理由としてはあるだろう。

「少し離れたところで降りて、歩いて近づこう？　下手にいきなり近づくと危険かもしれないから」

イングリスがそう提案し、尾の突き出した位置からは離れた所に機甲鳥《フライギア》を着陸させた。

「ねえクリス。こんな離れた位置に降りて、何かあるの？」

神竜の尾へと歩きつつラフィニアがそう尋ねてくる。

「いきなり地中から飛び出して襲ってくるのを警戒《けいかい》する――っていう事？」

レオーネの言う事も、それはそれで慎重《しんちょう》に事を進めるなら必要な事なのだが――

それとはまた別の、神竜に相対する時の注意点がある。

「神竜と呼ばれる程に強力な竜は、その身に纏う気そのものが眷属《けんぞく》と化す――幻影竜《げんえいりゅう》とか幽体竜《ゆうたいりゅう》とかって言うんだって」

竜の身に纏う力は、魔素《マナ》や魔術《まじゅつ》とはまた異なるものだ。

そしてそれは、本質的には効率の悪い力の使い方である魔術よりも効果が大きい。

竜が噴《ふ》き出す炎《ほのお》や吹雪《ふぶき》――それらは特に魔術的《まじゅってき》な詠唱《えいしょう》や所作を必要とせず、それら以上に強大な力を発揮して見せるのだ。

ただ竜の力は魔術のようにある程度共通した法則のあるものとは違い、個体個体による差が大きい。技術というより個性と言った方がいいだろう。

「それを警戒してるの？」

「うん。いきなり近づいたら、機甲鳥《フライギア》が囲まれて壊《こわ》されるかもしれないから――」

自分を襲ってくれる分には歓迎《かんげい》するが、乗っている機甲鳥《フライギア》を壊されるのは困るのだ。

「そんな竜の話なんて初めて聞くわ――よく知ってるわね、イングリスは」

「わたくしも初耳ですわ。きっとイングリスさんはとても珍《めずら》しい書物をお読みになったのですわね」

「そんな本、ユミルの書物庫とかにあったかなあ……？　見た覚えがないけど」

「まあ、ラニの場合は知らない本がいっぱいあって当然だよ？　本を読まないんだから」

「うるさいわねえ。中身は読まないけど、隠れんぼしてる時にいっぱい行ったもん！　だから本の表紙は、どんなのがあるか結構覚えてると思うんだけどなあ……うーん」

「いや、中身も読んだ方がいいよ？」

とは言うものの、実際そんな書物があるわけではなく、全《すべ》ては前世のイングリス王が実体験してきた記憶《きおく》によるものである。

ただ、前世の時代には貴重ではあるものの竜の関する書物も存在していたし、人々の知識の中に竜の存在もあった。

レオーネやリーゼロッテの反応を見ていると、今の世界では竜は完全に人々から忘れ去られた存在であるらしい。魔素《マナ》やそれを操《あやつ》る魔術の知識や技術と同じだ。

「ねえ、今度アカデミーが休みに入ったら、二人とも里帰りはするんでしょう？　その時にユミルからその本を持ってきて、見せてくれない？　興味があるわ」

「いいですわね。わたくしも見てみたいですわ」

レオーネとリーゼロッテの勉強熱心さは結構だが、それは不味《まず》い。

「え、ええとそれは……あ、皆気を付けて。そろそろ来る――」

丁度都合のいいことに、イングリス達の前に青白い霞《かすみ》のようなものが立ち込め始めた。

グウウゥウウゥ――――ッ……！

グオオオオォォォォ――――！

そしてそれが、首だけの竜の姿を取って威嚇《いかく》をしてくる。

その一体一体が、修練を積んだ一人前の騎士でも戦意喪失《そうしつ》してしまいそうな程に、強烈《きょうれつ》な殺気を放っていた。

実際前世での神竜との戦いではこの幻影竜の恐《おそ》ろしさに戦意喪失してしまう者も、少なからずいたものだ。

「な、何なのこれ……!?」

「た、ただ事じゃないわよ――そこらの魔石獣《ませきじゅう》よりも、ずっと……!」

「ええ……魔石獣よりも、明確な敵意と殺意を感じますわ……!」

普段こそ普通の少女だが、ラフィニアも、レオーネも、リーゼロッテも、一人前どころではない、上級の騎士の候補生達《たち》だ。

未知の現象に驚《おどろ》きはしているが、怯《おび》えはしていない。頼《たの》もしいことだ。

特級印を持つシルヴァや、規格外のユアと比べては可哀想《かわいそう》だが、彼女達の実力も十分高い。前世の時代の自分の軍団にいたとしても、立派な働きをしてくれるだろう。

「し、しかもどんどん増えていきますよ……!」

プラムの言う通り、イングリス達の目の前に壁《かべ》を作るように、幻影竜達がどんどん発生し、集まって来た。

「これが、竜の気が実体化した幻影竜だよ。透けてるけど噛《か》むし、噛まれたら怪我《けが》するから気を付けてね。今はまだ見てるだけだけど、一定の範囲《はんい》に踏《ふ》み込めば襲ってくるよ」

「怪我くらいで済めばいいけどね……!」

「ええ。その位の迫力《はくりょく》よね――」

「イングリスさんの言う通りでしたわね。いきなり近くに飛び込めば、機甲鳥《フライギア》ごと囲まれて逃《に》げ場《ば》が無くなっていましたわ」

「皆は暫《しばら》くここで待ってて。わたしが踏み込んでみるから。この服に効果があるなら、襲われないはずだよ」

　実際前世のイングリス王は、この装束を身に纏った神竜の巫女が、幻影竜に襲われずに神竜の元へと向かった場面を見たことがある。

　つまりこれに襲われないことが可能ならば、神竜フフェイルベインとの対話も可能だろうと思われる。

　神竜とは是非《ぜひ》対話を望みたい。ここはまず、この幻影竜で試《ため》しておくべきだろう。

「じゃあ、行ってみるね？」

「クリスの事だから、あれと戦えないのは逆に残念なんじゃない？」

「いや、それは大丈夫。後で着替《きが》えてまたくれれば襲って貰《もら》えるだろうし」

「あはは……結局やる気なんだ――」

「無限に戦える敵って最高だよね？　いい所にいいもの見つけちゃったなあ♪」

「いや、そんな美味しいお店見つけたとか、可愛い服見つけたみたいな感じで言われましても……」

ラフィニアが大きく大きくため息をつく。

「いやいやいや、メチャクチャ厄介だからどっかに駆除《くじょ》して欲《ほ》しいんだが――」

単に呆れているラフィニアと違い、ラティは深刻そうだった。

「うん。じゃあわたしが連れて帰っていい？」

「ああ全然いいぞ。そんなの好きにしてくれ」

「こらクリス！　あんなの飼えるわけないでしょ！　王都でもユミルでも、連れて帰った所が無茶苦茶《むちゃくちゃ》になるでしょうがっ！」

ぎゅううううっ！

ラフィニアに耳を引っ張られる。

「あいたたた……わ、分かってる、分かってるよ――そういう事は起きないように考えるから……！　でも、倒《たお》すのは惜《お》しいけど、神竜自体はどこか別の場所に移した方がいいのは確かなんだよ――？　アルカードが寒いのって、多分あれがあそこに埋《う》まってたせいだから……」

「えええぇぇっ……!?　そんな気候も変えるくらいのあれなのか、あいつは……!?」

「持っている力の大きさを考えると、あり得る話だよ。実際に移してみたら分かるよ？

多分今より暖かくなるから」

少し濁《にご》しはしたが、実際前世の時代に、神竜によって寒冷化させられた土地の様子も目《ま》の当《あ》たりにしたことがある。

だから、今言ったことはほぼ確実である。

「って事は、寒くて土地が痩《や》せてるから満足に作物が育たなかったのが無くなる――って
わけか……!?」

「じゃあじゃあ、作物が沢山採れるようになって、天上領《ハイランド》に献上《けんじょう》する余裕《よゆう》も殆ど無かった
のが、それが出来るようになるって事ですよね……!?　強い魔印武具《アーティファクト》を沢山下賜《たくさんかし》して貰っ
たり、エリスさんやリップルさんみたいにちゃんと国を守ってくれる天恵武姫《ハイラル・メナス》にも来ても
らえたら――」

イングリスの言葉を信じたラティとプラムは、そう声を弾《はず》ませる。

「もうリックレアが魔石獣に襲われて崩壊《ほうかい》したみたいな事は――」

「起こらない。起こさせない……！　少なくともその手段は確保できるという事ですね
……！」

リックレアの街は、今でこそ跡地は見る影《かげ》もなく、巨大な大穴とそこに突き出した神竜《しんりゅう》
の尾が残るのみだが、元々は魔石獣の被害により一度崩壊《ほうかい》している。

それにより、アルカード王はこれまでの国の方針を変え、魔石獣からの防衛力を高めようと考えた。

しかし天上領《ハイランド》からこれまでより強力な魔印武具《アーティファクト》や天恵武姫《ハイラル・メナス》を得たいと思っても、引き換《か》えに献上する物資は足りない。

そこで天上領《ハイランド》側の軍の幹部——大戦将《アークロード》のイーベルの提案に乗り、ヴェネフィク軍の動きに合わせて、同時にイングリス達の国カーラリアを攻撃するという作戦に手を貸す事になる。背に腹は代えられぬ、というわけだ。

だがその作戦が未遂《みすい》のまま、カーラリア王宮に直接乗《の》り込《こ》んで来たイーベルは、血鉄鎖《けってつさ》旅団の首領である黒仮面の手によって討《う》ち取られた。

その後、イーベルの後任としてアルカードにやって来た天恵武姫《ハイラル・メナス》のティファニエは、各地から食料を奪う略奪を繰《く》り返し、崩壊したリックレアの街を監獄《かんごく》化。そこに設置された『浮遊魔法陣《ふゆうまほうじん》』を起動し、土地の地盤《じばん》ごとリックレアを天上領《ハイランド》に持ち去って行った。

それが、これまでの経緯《けいい》である。

そもそもの発端《ほったん》は、強力な魔石獣がリックレアを崩壊《ほうかい》させたこと。

それに対抗《たいこう》するために防衛力を高めるのは確かに必要な事だろう。

だがそのための方法が、真っ当なものではないのは確かだ。

そこに、アルカードの国土の気候が変わり、作物が今までより豊かになればどうだろうか？　カーラリアとの戦争に手を貸すような手法ではなく、真っ当に天上領《ハイランド》と取引をすれば済む話になるのだ。

これは、アルカードの抱《かか》える問題を根本的に解決する変化である。

「だったら絶対にそうするべきよね……！　カーラリアに攻《せ》め入ったりしなくても良くなるんだから――！」

「そうね。ラフィニアの言う通りだわ。根本的な問題解決になり得る――！」

「希望が見えてきましたわね！」

今回の一連の経緯でアルカードは天上領《ハイランド》の教主連合とは関係が切れてしまうかもしれないが、三大公派ならば取引に応じてくれるだろう。

というよりも、セオドア特使ならば――と言った方がいいかも知れないが。

そうなると、ラフィニアがますますセオドア特使に好感を持ってしまいそうなのは懸念《けねん》事項《じこう》ではある。

「……まあその前に、やる事はやらないとだけどね――」

イングリスは一度バシッと拳《こぶし》を掌《てのひら》に打ちつけ、たむろする幻影竜達《たち》に向けて一歩を踏み出した。

「……た、食べる気ね――」

「あたし達だけじゃなくて、みんなでね？」

「その前に、自分が満足行くまで戦わせるおつもりでは――？」

そう言うラフィニア達を振り返り、イングリスはニコッと笑顔を見せる。

「――全部かな？」

「あははは……だったら一言くらい謝《あやま》ってからの方がいいわね、絶対」

ラフィニアが乾《かわ》いた笑みを浮《う》かべる。

「ええ――まとめると、とんでもなく酷《ひど》い目に遭《あ》わせるぞ。って事だものね……」

レオーネもそれに頷《うなず》いていた。

「冷静に文字にして考えると、何が正しくて間違《まちが》っているのか分からなくなりますわね」

リーゼロッテはうーんと唸《うな》っていた。

「じゃあ改めて、行ってきます」

イングリスはすたすたと澱《よど》み無い歩調で、幻影竜達に向かって行く――

グルルウウゥウゥウ――――ッ！

グオオオオォォォォォォッ――――！

何でもないかのように歩いてくるイングリスに、幻影竜達は牙《きば》を剥《む》いて威嚇をする。

漲《みなぎ》る殺気。空気を震わせるかのような威圧《いあつ》感。これは楽しい戦場の匂《にお》いがする。

神竜にとっては無意識に生み出される生理現象に過ぎないのに、この迫力。

本体はまだ地中に埋まっているようだが、幻影竜達からは前世のイングリス王が対峙《たいじ》した時と変わらないような力強さを感じる。

「ふふっ——お元気そうで何よりですね？」

思わず顔がほころぶ。

イングリスは笑みを見せながら、いつも身に纏《まと》っている超重力《ちょうじゅうりょく》の魔術を解いた。

このまま幻影竜達のど真ん中に突《つ》っ込んで、準備運動がてら格闘《かくとう》戦を楽しみたい衝動《しょうどう》に駆《か》られるが——それはまだ我慢《がまん》だ。

この巫女《みこ》の装束で神竜との対話が可能となるか——今のうちに試しておく必要がある。

そのために超重力の魔術を解いたのだ。

「ですが今だけ少し——話し合いましょうか？」

イングリスは霊素《エーテル》から落とした魔素《マナ》を操り身を包む。

正確には自分自身の体ではなく、身につけた巫女の装束に魔素《マナ》を浸透《しんとう》させた形だ。その波長は、よく使う氷の剣《けん》の魔術に近いもの。冷気や氷を生み出す波長だ。

イングリス王が生前見た巫女の装束は、それ自体が強い魔素《マナ》を帯びていた。

かつての地上では、希少な素材を使えば、そういったものも作成できたのだが——

今のこの衣装は、元々は何の変哲《へんてつ》もないただの水色の布だ。

イングリスを着飾《きかざ》らせるのが趣味《しゅみ》のラフィニアは、小物や服を自作したりもする。もし騎士《きし》にならないのならば、服の仕立屋になって店を持ちたいと言っているくらいだ。

この布はラフィニアが、今回の任務のための買い出しで見つけて、色がいいと言って欲しがったものだった。

だがそこに、イングリスが魔素《マナ》を意図的を流《なが》し込めば——

イングリスの身に纏う装束が、淡《あわ》く魔素《マナ》の輝きを放つ。

グウウウウ——
ルオォォォ……
ウウウウッ——

幻影竜達は途端《とたん》に静まり、イングリスに道を譲《ゆず》るように左右に分かれた。

「おぉ――？」

どうやら効果があったようだ。イングリスが幻影竜達の間を通り抜《ぬ》けても、幻影竜は遠巻きにそれを見ているだけで、特に何もしてこなかった。

「やったわ――！　効果があったみたいね……！」

「頑張った甲斐がありましたね！」

ラフィニアとプラムが、嬉しそうに声を上げている。

「みんなは近づくと襲《おそ》われるから、わたしだけ近くまで行ってみるね？」

「気を付けるのよ、クリス」

「うんラニ。大丈夫《だいじょうぶ》だよ」

イングリスはそう言い残して、更《さら》に奥《おく》へ、巨木《きょぼく》のようにそそり立つ神竜の尾《お》へと向かっていく。

幻影竜は次々と生まれ、数も増して行くが――やはりイングリスには襲って来ない。

この巫女衣装の効果は覿面《てきめん》だ。そして、幻影竜達の動きも完璧《かんぺき》に統率《とうそつ》が取れている。

どの個体も先走ってイングリスを襲おうなどという事をしてこないのだ。

「……」

それはそれで、つまらないではないか。

神竜の前に少しくらい戦わせてくれてもいいだろう。融通《ゆうずう》の利《き》かない幻影竜である。

やはり完全な生物というわけではないためか、個性というものが感じられない。

しかし並の騎士や、下手な魔石獣などよりも力を持っているのも事実。

それが目の前にいてくれるのに――

今は神竜との対話を優先するべきなのは分かっている。

分かっているのだが――幻影竜とも戦いたいのである。

前世でも対峙したことのある相手であるが故《ゆえ》に、イングリス・ユークスに生まれ変わった自分の成長を図《はか》るのに最適の相手なのだ。

この彼《かれ》らのど真ん中で、巫女衣装に浸透させた魔素《マナ》を止めて効果を無くし、四方八方から襲われたい――そんな衝動を禁じ得ない。

これは、空腹を我慢するのにも似ている苦しみだ。

「ああ……勿体《もったい》ない――」


グゥ？

オォ……？

ウゥ――？

物欲《ものほ》しそうに見つめてくるイングリスに、幻影竜達も戸惑《とまど》いの気配を見せていた。

「……見ないようにしよう——」

幻影竜の姿を目に入れないように、視線を足元に落として進む。

姿を見ると誘惑《ゆうわく》に駆られてしまうからだ。

そして——イングリスは幸か不幸か何の妨害《ぼうがい》も受けず、神竜の尾の目の前にまでたどり着いていた。

巨木のような大きさのそれは、氷銀色に輝《かがや》く鋭利《えいり》に尖《とが》った鱗《うろこ》に覆《おお》われ、シュウシュウと白い凍気を放ち続けている。

空気自体が凍《こお》り付いて、キラキラと細かい結晶《けっしょう》のようなものが辺りに漂《ただよ》っていた。

「……っ」

イングリスは思わず一つ身震《みぶる》いした。

長く側にいればそれだけで凍り付いてしまいそうな、そんな強烈な冷たさなのだ。

薄手《うすで》の巫女衣装のみを纏った体が、流石《さすが》に自然と震えたのである。

この肌を刺《さ》す猛烈《もうれつ》な冷気こそ、神竜フフェイルベインが健在の証——

幻影竜もそうだが、本体の方も元気そうで何よりだ。

それでこそ、戦いがいがあるというもの。

まずは対話が先決だが、後で戦う際に永い眠《ねむ》りのせいで本調子が出ない等は気にしなくても良さそうである。

「でも……」

だが、気になる事も一つ。

神竜たるもの。ここまで接近してきたイングリスに気づかないはずがない。

それがこうも無警戒《むけいかい》に、何の警告も呼びかけもなく接近を許すものなのだろうか？

実は神竜からは呼び掛《か》けているが、イングリスに聞こえていない？

だが幻影竜には効果があったが――？

考えていても仕方がない。

イングリスは神竜に向けて呼びかけてみる事にする。

「神竜フフェイルベインよ……わたしの声が聞こえますか？」

――たっぷり十秒ほど返事を待ったが、何の反応もない。

「……？」

イングリスは首をひねりながら、さらに神竜の尾へと近づく。

今度は直接尾に手を触《ふ》れて、巫女衣装に浸透させる魔素《マナ》を更に高めて――

「神竜よ。聞こえませんか？　聞こえていたら何か答えてください――」

しかし再び返事は無い。

「？　うーん……？」

生きているのは確実。かつてのまま強大な力もひしひしと伝わってくる。

だが無防備に近づいてくるイングリスには無反応。呼びかけにも応じない。

幻影竜はイングリスを敵視しないという反応を見せているからには、恐らく対話は可能なはずなのだが――

「……ひょっとして、眠っていますか？」

体は活性化しているが、まだ意識が覚醒《かくせい》していない微睡《まどろみ》の中――

人に例えるならば、そんな状態だろうか？

神竜の微睡がどのくらい続くかは、竜の生態の専門家でもないので分からないが。

すぐ起きるのかもしれないし、ひょっとしたら数年、いや数十年もこのままかも知れない。無論だが、そんなに待ってはいられない。

前世の時代の話も聞きたいし、思う存分手合わせをしたいし、お腹《なか》も空いたのだ。

食料確保に関しては、イングリス達だけではなくアルカードの住民のためでもある。

ならば打つ手は一つ――

「では済みませんが――叩《たた》き起こさせて頂きますね？」

イングリスは見えない神竜の顔に向け、ぺこりと一礼をする。

そして、軽く足を引き半身に。腰《こし》を落として――

「はあぁぁぁぁっ！」

右足を上段に、思い切り振《ふ》り抜く。


ガアァァンッ！


鋼鉄以上の強度を誇《ほこ》る竜鱗《りゅうりん》は、イングリスの蹴《け》りを受けると金属音に近い大きな音を鳴り響《ひび》かせる。

だが多少しなるように揺《ゆ》れた程度で、傷一つ無い。

それ所か、蹴りの動作でフフェイルベインの竜鱗に触れた巫女装束の裾《すそ》が、一瞬《いっしゅん》で凍り付き始めていた。

「……？　おっと――！」

せっかくラフィニア達に作ってもらった巫女衣装を、駄目《だめ》にするわけにはいかない。

無事に騎士アカデミーに持ち帰り、宝物として大事に仕舞《しま》っておく予定なのだ。

孫娘《まごむすめ》のように可愛《かわい》いラフィニアが自分のために作ってくれたものだから、当然だろう。

時々一人の時に取り出して着て、鏡に映して楽しませてもらうとしよう。

イングリスは一歩飛び退《の》いて尾から距離《きょり》を取る。

そして様子を窺《うかが》うが――何事も無かったかのように静かなものだ。

「ふふっ……さすがにこの程度では効きませんね――」

修行用《しゅぎょう》の超重力の魔術は解いていたとは言え、今のは霊素《エーテル》を使わない生身での通常打撃《だげき》。

フフェイルベインの竜鱗の強度、そして膨大《ぼうだい》な質量の前では、気付けにもなってはくれないようだ。

だが、それでいい。それでこそ神竜フフェイルベイン。

前世のイングリス王が、単独撃破《げきは》を為《な》し得《え》なかった強者だ。

「ならば……！」

――霊素殻《エーテルシェル》！

「もう一度っ！」

ドゴオオオオォォォォォンッ！

先程《さきほど》の何倍もの巨大《きょだい》な衝撃《しょうげき》が、高く轟音《ごうおん》を響き渡《わた》らせる。

神竜の尾はぐにゃりと大きく折れ曲がり、鞭《むち》のように地面を叩いて跡《あと》を残した。

それだけ、イングリスの与《あた》えた衝撃が圧倒的《あっとうてき》に増したという事なのだが――

しかし、神竜の尾は何事も無かったかのように元の位置に戻《もど》り、打撃を加えた位置にさしたる損傷も無い。

少し凹《くぼ》んだような跡があるくらいか。しかもそれも、見る見る間に復元されて行く。

恐ろしいまでの強度、柔軟性《じゅうなんせい》、そして回復力である。

「ふふふ――ふふふふっ……」

思わず笑《え》みが漏《も》れてしまう。素晴《すば》らしい手応《てごた》えだ。

イングリス・ユークスとして生きてきた中でも、これ以上はいなかったかも知れない。

ならば次はどうしてくれようか――


ギャアアアアンッ！

グオオオォォォオッ！

ゴアアアアアアアッ！

「む……!?」

しかし、本体は相変わらず無反応なものの、周囲の幻影竜達はイングリスの行動をそれ以上見過ごさず、反応を示した。

十体以上の幻影竜達が一斉《いっせい》にイングリスに襲い掛かって来たのだ。

こちらとも手合わせしておきたかったところだ。

「――ありがとうございます！　歓迎しますよ……！」

言いながら、イングリスは霊素殻《エーテルシェル》を解いて生身に戻る。

圧倒的過ぎる力で敵を粉砕《ふんさい》しても、それは自分の修行にならない。

どんな戦いでも少しでも自分の成長に繋《つな》がるように――ならばこうするのが当然だ。

幻影竜達は、前後左右から一斉に大きな顎《あぎと》でイングリスを噛み砕《くだ》こうと肉薄《にくはく》して来る。

――その中で右手から連なるように迫《せま》ってくる三体が、最も距離が近い！

「はあぁぁあっ！」

イングリスは右手に向かって地を蹴り、真っすぐ突進《とっしん》。

先頭の幻影竜に右手の拳を繰り出して叩き付ける。

バアァァァァンッ！

突進の勢いを載《の》せた拳打で、一体目の幻影竜が弾《はじ》け飛んだ。

連なる後続の二体目に、左の拳――！


バアァンッ！


これも弾け飛び、さらに後続の三体目がすぐ目の前。

その時イングリスは、左の拳を繰り出した後に腰を低く、身を沈《しず》めていた。

「拳で叩き壊せるなんて、可愛気《かわいげ》がありますね――！」

低い姿勢から跳び上がりつつ、掬《すく》い上げるように拳を放つ。

直撃《ちょくげき》した三体目も弾け飛び、同時にイングリスの体は宙に。

攻撃と同時に回避《かいひ》を行う身の捌《さば》きだ。

「「「ゴアアアァァアッ！」」」

その直後、イングリスと入れ替《か》わるように、他《た》方向から迫っていた幻影竜達の噛み付きが空振《からぶ》りをし、地面が抉《えぐ》れて穴が開く。

一体一体が、人体など容易《たやす》く噛み千切ってしまいそうな威力《いりょく》である。

物理的な打撃も効く分、耐久力《たいきゅうりょく》は魔石獣より脆《もろ》いが、攻撃力《こうげきりょく》は同程度の大きさの一般的《いっぱんてき》な魔石獣を凌《しの》いでいると思われる。

「ですが、何よりも……！」

ピキイィィィン――！

そう呟《つぶや》くイングリスの掌の内に、霊素《エーテル》から変換《へんかん》した魔素《マナ》が集中。魔術による氷の剣が出現した。たまには、剣の稽古《けいこ》も悪くない。

そのまま空中からの落下の勢いも載せて、一か所に固まってしまった幻影竜達の頭上に連続突《つ》きを放つ。

ズドドドドドドドドドドッ――！

雨霰《あめあられ》と降り注ぐ百裂突きに、襲って来た幻影竜達は全て弾け飛んで消滅《しょうめつ》した。

だがしかし――

「「グオオオォォォォォッ！」」

すぐさまどこからともなく幻影竜が現れ、再びイングリスを取り囲んでくる。

「いくらでも湧《わ》いて出てくる敵……！　素晴らしいですね――」

魔石獣でもこうは行かない。魔石獣は虹の雨《プリズムフロウ》が降らないと生まれてはくれないからだ。

幻影竜には、そういった自然現象の制約はない。

神竜さえ健在であれば、いつでも気が向いた時に戦って貰える相手なのだ。これほど都合のいい相手もいないだろう。

欲を言えば個々の強度をもう少し上げてもらいたいが、そこは一か所に何体も詰《つ》め込んで凝縮《ぎようしゆく》したりしてみれば合体したりするかもしれないし、色々試してみる余地はある。

ともあれ、イングリスにとっては素晴らしい訓練相手なのは間違いない。

嬉《うれ》しくて思わず頬《ほお》が緩《ゆる》んでしまう。

「さぁ、もう少し付き合ってください――！」

イングリスは駆け出して助走を取ると大きく跳《と》び上がり、高い位置にいた幻影竜に飛び蹴《げ》りを見舞《みま》う。

「はあぁっ！」

バアァァァァンッ！

弾け飛ぶ幻影竜。イングリスは蹴りの反動を利用し、さらに高く遠くに跳ぶ。

常に数を補充《ほじゅう》してイングリスを取り囲もうとする幻影竜の動きは、空中のイングリスに常に足場を用意してくれるようなもの。

イングリスは次々幻影竜を蹴り飛ばしながら、その反動を利用してさらに跳び続ける。


バンッ！　バンッバンッバンッ！　バアァァァァンッ！


最後に一際《ひときわ》高く跳び上がり、空中で二回宙返りを挟《はさ》んで着地をしたのは――

「――ただいま！」

そこは幻影竜《げんえいりゅう》達の生息域外ぎりぎり――つまりラフィニア達のところである。

「お、お帰り……楽しそうに暴れてたわね～。クリスったら――」

ラフィニアがはぁとため息をついている。

「す、凄《すご》い動きでしたねイングリスちゃん――じっと見てるはずなのに見失っちゃうくらい速くて……！」

「本当は見とれてばかりでもいけないいんだけど――最高のお手本ではあるわね」

「み、見れば見るほど、あそこまでの動きは真似《まね》出来る気がしませんけれども、ね……」

「みんなも、毎日あれと修行すればきっと出来るようになるよ！　すごくいいよあれ、いくらでも湧いてくるからいくらでも戦えるし、結構手応えもあるし――修行には最高だよあれ……！」

興奮気味に語るイングリスだが、横からラフィニアが窘《たしな》める。

「いや、こらこら。待ちなさいクリス。興奮するのはいいけど目的はそうじゃなかったでしょ？　あの竜の話は聞けたの？　何か尻尾《しっぽ》を蹴り飛ばしてたけど……？」

「ああそれがね、たぶんまだ眠ってるんだと思う――起こそうと思って蹴ったけど、全然効かなかったみたい。そしたら幻影竜が反応して――」

「戦ってたら楽しくなっちゃった？」

「うん。ずっと戦える相手っていいよね！」

イングリスは目を輝かせて強く頷く。

「……いやまああそこは個人の感性によると思うけど――じゃあ何も進展はないって事？」

「ううん。神竜が眠ってそうなのは分かったから――今のうちにみんなに手伝って貰いたい事があって……」

それで幻影竜達を蹴り飛ばしながら戻ってきたのだ。

「？　何をするつもりなの、クリス？」

「それはもちろん、次の目的だよ」

「次？」

「うん。食料調達」

イングリスはにっこりと微笑《ほほえ》んだ。

「待ってました！　ねえどうするのどうするの――!?」

ラフィニアもキラキラと目を輝かせ始めるのだった。

「いい？　まず見ててね――」

イングリスはそう言うと、リックレアの窪《くぼ》んだ跡地《あとち》にそそり立つ神竜の尾に向け、右手を突き出した。

見る見るうちに、その掌の先に青白い輝きが巨大な光弾《こうだん》となって収束する。

「え……!?　あ、ちょ、ちょっと待ってクリス……！」

その光景を見たラフィニアが声を上げるが――

――霊素弾《エーテルストライク》！

イングリスは構わず、凝縮した霊素《エーテル》の塊《かたまり》を解き放つ。


ズゴオオオォォォォォォッ！

「きゃあああぁぁぁっ!?　そ、そんなの撃《う》ったら竜のお肉が吹《ふ》っ飛んで跡形《あとかた》も無くなっちやうでしょ！」

ラフィニアが悲鳴を上げ、イングリスの首元を掴《つか》んでがくがく揺さぶる。

「お、落ち着いて……！　く、苦しいから……！　だ、大丈夫だよラニ……！」

「え？」

「ほら、見てて――」

ギャリイイイイイィィィィイッ！

神竜の尾を直撃した霊素弾《エーテルストライク》は、大きく軋《きし》んだような音を立てる。分厚い竜鱗との間で、威力と耐久力のせめぎ合いが暫《しばら》く続いて――

バヂイイイィィィインッ！

やがて光弾が反射して、明後日の方向へ飛んで消えて行く。

「――ね？　大丈夫でしょ？」

竜鱗自体は少し傷ついて、わずかに中の肉が露出《ろしゅつ》しているような部分も見える。

しかし形としては健在だ。軽傷程度と言えるだろう。

先程の、霊素殻《エーテルシエル》を発動しての打撃を加えた時の手応えで、こうなる事は予測できていた。

「な……!? クリスのあれを弾《はじ》くなんて――!?」

しかも――

「お。幻影竜が……!?」

多数の幻影竜が霊素弾《エーテルストライク》の着弾《ちゃくだん》した箇所《かしょ》に集まって行き――

その部分に吸《す》い込まれるようにして姿を消す。

そうすると、見る見るうちに傷が復元し、元通りになって行った。

「すごい回復力だね……!」

幻影竜は竜の気が生み出す亜生物《あせいぶつ》。

それが収束する事で、本体の回復力が高まり傷の治癒《ちゆ》力がさらに増すのだ。

まだフフェイルベイン自体は眠っているようだが、本能的な反応なのだろう。

「あれじゃすぐ傷が無くなっちゃうわね……!」

「ね？　凄いよね？　強いよね？　見ててわくわくしてくるよ……！」

「はは……わくわくしてる場合なのかなあ――？」

ラフィニアが呆《あき》れて嘆息《たんそく》する。

「そ、そうですよ！　イングリスちゃんのあの必殺技《ひっさつわざ》が効かないなんて、そんなのが起き出したら大変な事になりませんか……!?」

プラムはかなり深刻に、目の前の現象を受け止めている様子だった。

「そ、そうだぜ……！　や、やばいんじゃねえか――!?」

ラティも同じく。

霊素弾《エーテルストライク》が弾かれた事がかなり衝撃だった様子だ。

「……やばいの？　クリス？」

「いや、そうは言ってないけど――？」

「そうよね？　本当にそうだったら、もっと血相を変えてあたしの事守ろうとしてくれるしね～クリスは。この間のティファニエの時みたいにね？」

「もちろんだよ。わたしはラニの従騎士《じゅうきし》なんだから」

「ふふっ。あの時ちょっと怖《こわ》いって思ったけど、でもそれだけ真剣《しんけん》なんだって思ったら嬉しかったわよ？」

「どういたしまして」

ラフィニアの微笑みに、イングリスも微笑みを返す。

「で、あの時と違《ちが》って今は余裕《よゆう》っぽいし、大丈夫かなってあたしの推測！」

「ははは……自慢気《じまんげ》に言う事かな――？」

「それに、イングリスにはまだあれより上の技もあるものね……？」

「そうですわね。リップル様の時に現れた、虹の王《プリズマー》を一撃《いちげき》で消滅させた、あの技――桁違《けたちが》いの威力でしたもの」

ラフィニアだけではなく、レオーネとリーゼロッテもそこまで焦《あせ》りの色を見せてはいない。彼女達《かのじょたち》はイングリスが霊素壊《エーテルブレイカー》を放つ所を見ている。

だからまだ上があると分かっている分、落ち着いていられるのだ。

あの時プラムとラティは、セオドア特使の元に急ぎの使いに出ていて、居合わせていなかった。

「それがちょっと問題でね――」

「「「？」」」

皆《みな》が一斉に、首を捻《ひね》る。

「というわけで、皆に協力して欲《ほ》しいんだよ。あのね――」

と、イングリスはラフィニア達に腹案を伝え始める。

暫くして――

「いい？　もう一回確認《かくにん》……わたしが――で、それから――こうで、こうで……」

「うんうん――！　おっけー分かったわ……！」

イングリスが説明した手順に、ラフィニアはこくこくと頷く。

「ええ。理解はできたわ――やってみましょう」

「確かにうまく行けば、一気に食料を調達できますものね」

「あれだけのデカさだもんな――一体何人前になるのかって感じだよな」

「やりましょう……！　わ、私も頑張《がんば》りますっ！」

レオーネ、リーゼロッテ、ラティにプラムも異論は無いようだ。

「よし、じゃああたし達はこっちね。レオーネ、プラム！」

ラフィニアが星のお姫様《スター・プリンセス》号に乗り込《こ》んで、二人の名を呼ぶ。

今回はラフィニアとレオーネとプラムで星のお姫様《スター・プリンセス》号を三人乗りしてもらう。

操縦桿《そうじゅうかん》はレオーネが握《にぎ》り、その後ろの左右にラフィニアとプラムが付いた。

勿論《もちろん》理由があってのことで、今回はこれが一番適正である。

操縦の技術的には運転手にラティを付けたい所だが、基本三人乗りまでの機甲鳥《フライギア》なので、そこは仕方がない。

もう一機別の機甲鳥《フライギア》の操縦桿をラティが握り、そこにイングリスとリーゼロッテが搭乗《とうじょう》した。

空になった一機は、ひとまずこの場に待機だ。

ブゥゥゥゥン──

ブイィィィイン……！

二機の機甲鳥《フライギア》が三人ずつを乗せて浮遊《ふゆう》する。

星のお姫様号《スター・プリンセス》の操縦桿を握るレオーネが、皆に呼びかける。

「──じゃあ行くわよ！　いいわね──!?」

「「うんっ！」」

皆が頷くと二機の機甲鳥《フライギア》は一気に加速し、幻影竜の生息域内へと突入《とつにゅう》した。

「「グオオオォォォッ！」」

即座《そくざ》に反応し、群がってくる無数の幻影竜。

機甲鳥《フライギア》で高速移動する限りそう簡単に取り囲まれる事は無いが、それでも進行方向に立ち塞《ふさ》がられてしまえば、迎撃《げいげき》は必要だ。

「プラムさん！　お願いしますわね！」

リーゼロッテは並走する星のお姫様号《スター・プリンセス》に乗るプラムに呼びかける。

「はいっ！　任せて下さい！」

プラムの持つ魔印武具《アーティファクト》は、武器の形状をしておらず銀色に輝く竪琴《たてごと》である。

プラムがそれを奏《かな》でて音色が鳴り響くと、それに呼応するようにリーゼロッテやラフィニア達《たち》の魔印武具《アーティファクト》が薄《うす》い光の膜《まく》に包《つつ》み込まれる。

竪琴が放つ音色で、周囲の魔印武具《アーティファクト》の性能を強化する――それがプラムの魔印武具《アーティファクト》の奇蹟《ギフト》だ。

「――迎撃しますわ！」

リーゼロッテの斧槍《ハルバード》型の魔印武具《アーティファクト》による奇蹟《ギフト》の力――

いつもなら背中に顕現《けんげん》する純白の翼《つばさ》は、今はプラムの奇蹟《ギフト》と共鳴する事により、薄い金色の輝きを纏っていた。

ばさりと強く翼が羽ばたくと、リーゼロッテの身体は一瞬にして機甲鳥《フライギア》の前方、こちらを待ち構える幻影竜の集団に飛び込んでいた。

「やあああぁぁぁぁっ！」

突《つ》き出した穂先《ほさき》が、複数の幻影竜を纏《まと》めて貫《つらぬ》く。

中心に突撃《とつげき》を受けた敵集団の残りは、一斉に上下左右に散開。

それぞれの方向から、突出《とっしゅつ》したリーゼロッテに迫ろうとする。

下手をすれば危機に陥《おちい》るかも知れないが、ここではイングリスは手を出さない。イングリスは後で個別行動に移るため、その間は幻影竜を他の皆で抑《おさ》えてもらう必要がある。心配ないとは思うが、ラフィニア達に万一の事があってはいけない。

これはその予行演習と考え、ぎりぎりまで手出しを控《ひか》えて任せるべきだった。

「――遅《おそ》いですわっ！」

リーゼロッテの翼が、再び力強く羽ばたく。

散開する敵を追って斧《ふ》頭《とう》を薙《な》ぎ払《はら》うように繰《く》り出すのだが、その飛行の軌《き》道《どう》は、満月のように美しい弧《こ》を描《えが》いていた。

「お――？」

イングリスが知っている限り、リーゼロッテの奇蹟《ギフト》の飛行能力は、直線的にしか飛べなかったはず。それが、綺《き》麗《れい》な円《えん》軌《き》道《どう》になっていたのだ。

散開した敵にはこれは有効である。一体一体に直線的に突っ込んで、間に細かな方向転《てん》換《かん》や減速を挟んでしまうより、曲線的な動きに巻き込む方がより速く、相手に隙《すき》を与えない。

流れるような一撃で左右方向に散った幻影竜が薙ぎ払われ、更に続く一撃は上下方向の敵を消滅させていた。

――完全に、機甲鳥《フライギア》の進路が開いた。

そこに二機の機甲鳥《フライギア》が滑《すべ》り込んで行く。

少し高い所にいるリーゼロッテを、追い越《こ》していく形だ。

「ナイスよ！　リーゼロッテ！」

ラフィニアがそう声をかけている。

「追い越し過ぎて離《はな》れるなよ！　少しスピード落として……！」

ラティがラフィニア達の星のお姫様号《スター・プリンセス》に声をかける。

飛び出したリーゼロッテを安全に拾い上げるためだ。

離れ過ぎて置いて行ってしまってはいけない。

「ええ――――！」

操縦桿を握っているレオーネが応じる。

「いえ、必要ありませんわ。お気遣《きづか》いなく」

既《すで》にリーゼロッテは機甲鳥《フライギア》に追いついて、船体に取り付いていた。

「速っ――――!?」

「あまりのんびりしていると、また敵が湧いて出て集まってしまいますから――――ね？」

「リーゼロッテ、腕《うで》が上がったね？」

「プラムさんのおかげですわ。いつもとは、威力も速度も比べ物になりませんもの」

「でも、円に飛ぶ飛び方は練習してないとできないでしょ？　プラムの魔印武具《アーティファクト》の力だけじゃなく、成長してるよ？」

「ふふっ。ありがとうございます。あなたがそう言ってくれるなら、そうなのですわね」

リーゼロッテが微笑んだ瞬間《しゅんかん》、ラティが声を上げる。

「また出た――！」

神竜《しんりゅう》の尾《お》には確実に近づいているが、再び進路上に幻影竜の群れが立ち塞がる。

「何度来ても同じですわ――！」

「待って！　今度はあたしが――！」

ラフィニアはリーゼロッテに声をかけて制すると、星のお姫様号《スター・プリンセス》から身を乗り出す。

同時に愛用の弓の魔印武具《アーティファクト》――光の雨《シャイニーフロウ》を引き絞《しぼ》っていた。

普段《ふだん》より倍加した大きな光の矢が、ラフィニアの手元に収束して行く。

「――こっちはお腹空いてるのよ！　どいてもらうわ！」

ラフィニアが光の矢を放つ。

その弾速も、プラムの奇蹟《ギフト》により普段より大幅《おおはば》に向上している。

幻影竜《げんえいりゅう》の群れに猛然《もうぜん》と突っ込んで行き、一瞬で数体を飲《の》み込む。

向こうも素早《すばや》く反応し、散開して被害《ひがい》を抑えようとするが――

ラフィニアにはそれはお見通し、かつ対応する手も備えていた。

「逃《に》がさないわよ！　弾けろっ！」

光の矢が、細かく尾を引くような光の雨に分裂《ぶんれつ》し、拡散して行く。

それが散った幻影竜達《たち》を追って貫き、殲滅《せんめつ》をした。

「いいわよ、ラフィニア――！」

「ラニも調子いいね。いい感じだよ？」

「………」

と、レオーネとイングリスが褒《ほ》めても、ラフィニアは反応を見せない。

いつもなら、褒められたら得意気になだらかな胸を反らして見せそうなものなのに。

「どうしたの、ラニ？　お腹痛いの？」

「ちがうわよ！　やっぱりプラムの奇蹟《ギフト》の支援《しえん》を受けると違うわ。もっとやれそうなのよ
……！　今手応えがあったわ！」

と、ラフィニアは目を輝《かがや》かせる。

「また来るぞ！　ったくしつこいぜ――！」

ラティが前方を見て声を上げる。

「神竜が健在なら無限に出てくるから――ずっと付き合ってくれる手合わせ相手っていいよね……！」

「喜んでる場合かって――！」

「大丈夫《だいじょうぶ》、任せて！　いくら出て来ても――！」

ラフィニアはそう言うと、再び光の雨《シャイニーフロウ》を引き絞って光を放つ。

今度は初めから拡散した光の矢が無数に飛び散り――それが二機の機甲鳥《フライギア》をそれぞれ覆《おお》うように、船体の周囲をぐるぐると回り始めた。

光の矢による防壁《ぼうへき》が展開されたような形だ。

「おぉ……!?」

今までも、ラフィニアは敵の周囲を巡《めぐ》る軌道で無数の光の矢を放って、かく乱に使用したりしていた。

これは防壁化出来る程《ほど》に光の矢の密度を高めつつ、更《さら》にそれを高速で移動させているという事になる。機甲鳥《フライギア》は前に進み続けているのだ。

足を止めた相手の周囲を回るだけの使い方よりも、格段に難しい制御《せいぎょ》が必要になるはずである。

「見て！　これなら気にせず突っ込めるわ！　行っちゃって！」

「分かったわ！」

「よっしゃ行くぜ！」

操縦桿を握るレオーネとラティが頷《うなず》く。

周囲に光の矢の防壁が展開された機甲鳥《フライギア》は、幻影竜の群れにそのまま突っ込み——

「「ギャアアァァァァンッ！」」

バシュウウゥンッ！　バシュッ！　バシュウウゥンッ！

光の矢に触《ふ》れた幻影竜が、吹き飛んで消えていく。

これならば——中にいればラフィニア達は安心だろう。そのまま移動も可能だ。

「凄いね、ラニ。これかなり役に立つよ……！」

「ふふっ。だから言ったでしょ？　もっとやれそうって——まあプラムのおかげだけど」

今度こそ、ラフィニアは得意そうになだらかな胸を反らして見せる。

「うん。うん。でもそれだけじゃなく、ラニも成長してるんだよ」

イングリスとしても、ラフィニアが成長していく姿を見るのは喜ばしい。

思わず頬が緩んで、顔がほころんでしまう。

そしてこれなら——イングリスが単独行動に移って離れても、問題ないだろう。

丁度もう、神竜の尾も目の前だ。動き出す頃合《ころあ》いである。

「じゃ、次はわたしの番だね——行ってくるから……！　レオーネ、わたしが合図したら次はよろしくね？」

「ええ。やってみるわ……！　任せておいて！」

「クリス、今！　行っていいわよ！」

ラフィニアが光の矢の軌道を変えて、イングリスが飛び出す隙間《すきま》を用意してくれる。

「分かった！　ありがとう——！」

イングリスは躊躇《ちゅうちょ》無く機甲鳥《フライギア》の船体を蹴《け》って飛び出した。

着地を待たず、空中で姿勢を制御しつつ、掌《てのひら》の先に霊素《エーテル》を収束させる。

狙《ねら》いは勿論——そそり立つ神竜フフェイルベインの尾だ。

「行けっ！」

ズゴオオオオォォォォォオオッ！

空中で放った霊素弾《エーテルストライク》は、轟音を上げながら巨木《きょぼく》のような尾に突き進《すす》んで行く。

軌道を目で追いながら、一拍《いっぱく》置いて地面に着地。

その時、イングリスが放った霊素弾《エーテルストライク》がフフェイルベインの尾に衝突《しょうとつ》していた。


バヂイイイイインッ！


結果は――先程《さきほど》と同じだ。

多少の傷跡《きずあと》を残すものの、霊素弾《エーテルストライク》は異様に強固な竜鱗《りゅうりん》に弾かれてしまう。

――もちろんそれは想定内だ！

霊素弾《エーテルストライク》の発射から一拍の呼吸は開けている。

次の霊素《エーテル》の戦技を繰り出すための間としては、十分だった。

――霊素殻《エーテルシエル》！

普段より少し色味の違う霊素《エーテル》の波動に包まれたイングリスが地を蹴ると、足元の土と雪が爆音《ばくおん》を立てて舞《ま》い散った。

次の瞬間、イングリスは弾かれた霊素弾《エーテルストライク》の軌道上――目と鼻の先に滑り込んでいた。

既に腰《こし》を落として身を捻り、蹴りを振《ふ》り抜く準備は万端《ばんたん》だ。

「はあぁぁぁっ！」

ドゴオォォオンッ！

イングリスの蹴りが一閃《いっせん》すると、弾《はじ》かれた霊素弾《エーテルストライク》の軌道が更に急反転し、再びフフェイルベインの尾に向けて飛んで行く。

同波長の力を重ねて破壊力《はかいりょく》を爆発的《ばくはつてき》に引き上げる霊素壊《エーテルブレイカー》ではなく、反発する波長をぶつける事により、霊素弾《エーテルストライク》を打ち返して軌道を制御する応用技だ。

先日、プラムの兄ハリムの率いる敵部隊と交戦した時にも使ったが、イングリスとしては割と気に入っている。

霊素弾《エーテルストライク》を殴《なぐ》りつけて無理やり軌道変更《きどうへんこう》する力任せの極《きわ》みのように見えて、反発する二種類の波長の霊素《エーテル》を操《あやつ》る事が出来なければ成り立たない、高度に技術的な戦技だからだ。

自分の技術力向上の証である。

霊素反《エーテルリフレクター》とでも言えばいいだろうか。

今回もこれが使える——と判断したのだ。

バヂイイイイインッ！

反転して竜鱗に激突《げきとつ》した霊素弾《エーテルストライク》が、再び弾かれる。

「もう一度っ！」

再度弾かれた軌道に先回りし、今度は真っ向正拳《せいけん》を繰り出す。

ドゴオォッ！　バヂイイイィッ！

また弾かれて、掌打で叩《たた》き戻《もど》す。

ドゴオォォンッ！　バヂイイイィッ！

「まだまだ行きますっ――――！」

今度は勢いよく突進《とっしん》しながら、肘《ひじ》打ち。

ドゴオォォォンッ！　バヂイイイイイインッ！

更に、急角度で打ち上がった光弾に、踵《かかと》を叩き落とす。

「まだ足りませんね——！」

霊素《エーテル》の光弾が、神竜の尾とイングリスとの間を、行ったり来たりを何度も繰り返す。

機甲鳥《フライギア》に残ったラフィニア達からは、その動きは完全に目で追えない領域に達していた。

大きな光と小さな光が、乱反射しながら巨大《きょだい》な神竜の尾の周りを暴れ回っていているようにしか見えない。響《ひび》き渡《わた》る轟音《ごうおん》が、まるで嵐《あらし》のようだ。

「凄いですイングリスちゃん……！　全然目で追えません——！　何が何だか……！」

「クリスってば、前にも同じ技使ってたけど——今日は一段と切れが違うわね……！」

「前に同じ事してた時は、力を抑えてたのかしら」

「街中でしたし、恐《おそ》らくそうですわね——」

「けど、クリスがそれだけ本気でやってるのに、あれしか傷がつかない竜の方も凄いわね……！」

「ええ。イングリスの言う通り、虹の王《プリズマー》にも匹敵《ひってき》するのかも——」

「ですが、確実に傷は広がっていますわ——！」

「レオーネ、操縦代わるわ！　このままなら、そろそろ出番よ！」

「分かった！　お願いね——！」

レオーネは魔印武具《アーティファクト》黒い大剣《たいけん》の柄《つか》を強く握り、力を込める。

「さあ、そろそろですね――――！」

イングリスはそう呟《つぶや》く。

衝突の度に、光弾は少しずつ力を失い、フフェイルベインの尾には傷が残る。

驚異的《きょういてき》な回復力を誇《ほこ》る神竜の肉体だが、霊素反《エーテルリフレクター》による損傷の速度が、それを上回っていた。

少しずつ広がる損傷は、人の身長くらいの高さに集中。

その部分の竜鱗が爆《は》ぜ飛んで、中の肉が露出していく。

イングリスが正確無比に、それを狙って撃ち返していたのだ。

やがて最初に放った霊素《エーテル》の光弾が力を失って消滅《しょうめつ》すると――――

フフェイルベインの尾に刻まれた損傷も、ぐるりと水平に尾を一周する程に広がっていた。

「よし……！」

狙い通りだ――後は幻影竜が集まって来て傷口を再生してしまう前に、時間との勝負！

「レオーネ！　お願い！」

イングリスは上空に待機している星のお姫様号《スター・プリンセス》を見上げて合図を送る。

既にレオーネは黒い大剣の魔印武具《アーティファクト》を構え、プラムの竪琴の魔印武具《アーティファクト》の支援も万全《ばんぜん》の様子だ。

「ええ、分かったわイングリス！」

「行くわよ！　加速モード！」

操縦桿を握ったラフィニアが、力強く宣言する。

ヴィイイイイイイイインッ！

星のお姫様号《スター・プリンセス》が普段より一段高い駆動音《くどうおん》を上げる。

「全速力で突っ込むわ！」

ラフィニアが力強く操縦桿を倒《たお》すと、それに応《こた》えた星のお姫様号《スター・プリンセス》はまるで一筋の流星のように、猛然とフフェイルベインの尾に向けて突っ込む。

勿論その狙いは、イングリスが霊素反《エーテルリフレクター》で刻んだ傷跡だ。

船上のレオーネは、渾身《こんしん》の力を込めて、黒い大剣の魔印武具《アーティファクト》を振りかぶる。

同時に奇蹟《ギフト》の力で、黒い刃《やいば》は太く長く、一瞬《いっしゅん》で巨大に変化する。

その大きさは、神竜の尾の直径を超《こ》える程である。

「でえええええぇぇぇぇぇぇぇぇいっ！」

加速モードの全速力を乗せた、レオーネの黒い刀身は露出したフフェイルベインの肉に食《く》い込み――

ズバアアアアァァァァァァァァッ！

そのまま綺麗に、巨木のような尾を切断し切ってみせた。

「やった……！　切れた――！」

「すごいわよ、レオーネ！　これで美味《おい》しいお肉が食べられるわね！」

「やりましたねっ！」

操縦桿を握るラフィニアに、同乗して支援に専念しているプラムも声を上げる。

「ええ、イングリスのお膳立《ぜんだ》てとプラムの支援があっての事だけど――今のはいい手応《てごた》えだったわね……！」

こんな巨大なものを輪切りにする経験など、なかなかに貴重である。

レオーネは手に覚えた感覚を確かめるように、ぐっと拳《こぶし》を握る。

「おい、デカい尻尾《しっぽ》が倒れてくるぞ！　気を付けろよ！」

少し離れた位置の機甲鳥《フライギア》から、ラティの声がかかる。

確かに巨木のような尾はぐらりと傾《かし》いで、星のお姫様号《スター・プリンセス》の方に倒れ込もうとしていた。もし巻き込まれれば、その膨大《ぼうだい》な質量は、容易に星のお姫様号《スター・プリンセス》を押《お》し潰《つぶ》すだろう。乗っているラフィニア達も無事には済まない。

「分かってますって！　お肉を味わう前にそんなヘマしないわ。楽しみにしてたし！」

ラフィニアは船体に回避《かいひ》行動を取らせようとするが――

特にその必要はなかった。

次の瞬間、倒れ込む神竜の尾にイングリスが飛びついて、倒れてくる重量を受け止め、ひょいと肩《かた》に担《かつ》ぎ上げたからだ。

身《み》の丈《たけ》の何十倍もありそうな、巨木のような竜の尾を平気で肩に担ぐ絶世の美少女――

ラフィニア達の目の前に飛び込んできた光景は、そのようなものである。

しかもとても可愛《かわい》らしい、満面の笑《え》みである。嬉《うれ》しそうに竜鱗に頬《ほお》ずりしそうな程だ。

「よ、よくあんなもの持てますね……!?　普通《ふつう》ぺちゃんこに潰されちゃいますよ……!?」

「ははは――まあクリスのする事にいちいち驚《おどろ》いていられないわよ」

「そ、そうね……まあ、そのまま運べるならその方が都合がいいし――」

このままここから動かせないとなると、幻影竜《げんえいりゅう》が湧《わ》き出す危険地帯の中に捨て置くことになり後から手が出し辛《づら》くなってしまう。

安全圏《あんぜんけん》に持ち出せるならば、そうした方がいい。

「ありがとう、レオーネ、みんな！　狙い通りだったね」

ラフィニア達に向けて、イングリスは笑顔《えがお》で呼び掛《か》けた。

霊素反《エーテルリフレクター》でフフェイルベインの竜鱗を削《けず》って防御力《ぼうぎょりょく》を落とし、そこをプラムの支援を受けたレオーネに切り落してもらう。その作戦が見事に嵌《はま》った。

イングリスが独力で神竜の尾を切り落そうとしても、霊素弾《エーテルストライク》では弾かれてしまい威力《いりょく》不足で、霊素壊《エーテルブレイカー》では逆に強力過ぎて神竜の尾自体を吹き飛ばして消滅させてしまう懸念《けねん》があった。

その中間威力の戦技は無い。霊素《エーテル》とは扱《あつか》いが難しく、応用の効きにくい力なのだ。それでも色々と扱いの幅《はば》を開拓《かいたく》している最中だが、まだまだ発展途上《とじょう》である。

そこでこの作戦だった。これを単に相手を破壊《はかい》する事が目的の戦闘《せんとう》ではなく、極上《ごくじょう》の食材を得るための狩《か》りと考えると――レオーネに任せて切って貰《もら》うのが、食材を傷《いた》めないためには一番望ましいだろう。

ズズズズズ――

足元に揺《ゆ》れを感じる。地面が震《ふる》え出していた。

尾を切り落される傷を負ったフフェイルベインが、痛みに目を覚まして起き出してくるだろうか——？

幻影竜達はもうこちらには構わず、巨木の切り株のようになった尾の切断面に密集して、本体に吸収されて行く。傷の治癒《ちゆ》を早めるための本能的な動きだ。

しかしこれだけ見事な傷跡は、流石《さすが》にすぐには塞がらないだろう。

ここで——最後の締《し》めである。

「ラニ……！　最後にあれお願い！」

「うん任せといて！」

ラフィニアがレオーネと操縦を交代。

力強く光の雨《シャイニーフロウ》を引き絞ると、手の中に生み出される光の矢は、淡《あわ》い水色の輝きを放っていた。

ラフィニアが昔から慣れ親しんだ、光の矢を操る攻撃《こうげき》の奇蹟《ギフト》。

少し前にセオドア特使から授《さず》けられた、触れた者の傷を癒《いや》す治癒の奇蹟《ギフト》。

二つの奇蹟《ギフト》の力が合わさった、癒しの光の矢だ。

これは射《う》った者の傷を癒す効果を発揮する。

それをラフィニアは、フフェイルベインの尾の切断面へと向けて放った。


バシュウウゥンッ！


水色の光の矢が着弾し、尾の切断面に吸い込まれていく。

「どう――!? 効いてくれるといいんだけど！」

ラフィニアは慎重《しんちょう》に、後の様子を窺《うかが》う。

尾の傷口全体が優《やさ》しい、水色の光に包まれていた。

そして次の瞬間――ぱっと幕を張るように、皮膚《ひふ》が再生して傷口が覆われた。

短くなってしまった尾は、ウネウネと内側から盛り上がるように伸《の》び始める。

急速な再生が始まっていた。

これもプラムの支援で力を増しているとは言え、目に見えて分かる効き目だった。

「お……!? 効いてくれたわ！」

「やったね。肉がぐんぐん再生してるよ――」

これならば一晩もすれば、元通りになるのではないだろうか。

同時に痛みも消えて落ち着いたのか、地面の振動《しんどう》も無くなった。

フフェイルベインが落ち着いた証だろう。

個人的には早く起きて頂いて手合わせを願いたい気持ちもあるが――

今はもう一つの願いを優先するのも悪くは無いだろう。

「やったわね！　これなら食べ放題じゃない！」

「そうだね、ラニ。また尻尾が再生したら切りに来ようよ」

「うんうん！　なら遠慮《えんりょ》はいらないわよね！　食べて食べて食べまくるわ！」

「とことん付き合うよ、ラニ！」

イングリスとラフィニアは輝くような笑顔で頷き合う。

「よし、じゃあ早速《さっそく》戻《もど》ってお肉を焼こうよ」

「おーっ！　頑張って運んでね、クリス！」

「任せて！」

イングリスは嬉しそうな笑顔で、身の丈の何十倍もある巨大な神竜の尾を引きずって機甲親鳥《フライギアポート》の元へと帰って行った――

ガキイイィン！　ガギイイイィン！　ガイイイイイィンッ！

機甲親鳥《フライギアポート》を停泊《ていはく》させた森の中の野営地に、硬《かた》い金属音が鳴り響く。その音を立てているのは、レオーネとリーゼロッテだった。

手に握った黒い大剣の魔印武具《アーティファクト》を振り下ろす手を止めて、ふうと大きく一息をつく。

「……駄目《だめ》ね。全然歯が立たない――」

切り取って来た巨大な神竜の尾を、ある程度細かく解体しようと試みたのだが――

強固な竜鱗に阻《はば》まれ、外から輪切りにしようとしても、刃が全く通らない。

鋼を遥《はる》かに上回るような、恐ろしい強度である。

近づいて、斬撃を加えた位置をよく見ても、かすり傷一つ残っていない。

「これだけの強度なら、武器や防具に加工出来たら役立ちそうだけど――逆に強度が高すぎて、それも難しそうね……」

騎士《きし》アカデミーに持ち帰って、ミリエラ校長やセオドア特使に見て貰えば有効に使ってくれるかも知れないが。

レオーネが考えるのは、ここにいるリックレアの生き残りの人達や、食料不足に陥っている周辺地域の人々のために、今すぐに何かに利用できないかという事である。

そういう意味では、なかなか扱いの難しい代物《しろもの》のようである。

「やはり、切断面からくり抜いて行くように肉を切り出す他《ほか》はありませんわね――」

リーゼロッテも手を止めて、少し歩いて巨大な尾の切断面の前に立つ。

「そうね――そうするしかないか」

レオーネもリーゼロッテの横に並ぶ。

真《ま》っ直《す》ぐ水平に切り落としたはずの切断面には、既に大きな穴が一つ穿《うが》たれている。

それが誰《だれ》の仕業《しわざ》かは――言うまでもない。

ジュウジュウと肉が焼ける音と、世にも嬉しそうにはしゃぎ合う声は、レオーネの耳にも届いていた。

「うわあぁ――すっごいいい匂《にお》いして来たわね……！　肉汁《にくじる》すごーい！　こんなの見たことないかも……！」

「そうだね。竜の肉だから、何か違《ちが》うんだろうね。美味しいとは聞くけど、わたしも実際に食べるのは初めてだから――」

イングリスとラフィニアは、大人の身長ほどの肉の塊《かたまり》を焼き上げている最中だった。機甲親鳥《フライギアポート》の積荷にあった槍《やり》をぐさりと豪快《ごうかい》に突き刺《さ》し、それをイングリスが片手持ちして火に焙《あぶ》っていた。

これも訓練――というには少々負荷《ふか》が足りないが、悪くはない。

細かく表裏を変えて、火を隅々《すみずみ》まで通すのにも向いていると言える。

イングリスのような神秘的なまでの美貌《びぼう》の少女が、片手で身の丈よりも大きな肉の塊を焙り焼きしているのは、傍目《はため》には異様な光景と言えるだろう。

だがこの場にいる全《すべ》ての人間は、それよりも遥かに巨大な神竜の尾全体を嬉しそうに運んで戻ってくるイングリスの姿を先程目撃《さきほどもくげき》したばかりだ。

だから誰も、イングリスの行為《こうい》を見咎《みとが》める者はいなかった。

少しずつ火が通って焼き上がって行く肉の様子を見つめる二人の瞳《ひとみ》は、うっとりと夢見るように輝いて、とても幸せそうである。

「あぁ、いいわねぇ――思えばアルカードに来たら現地の美味しいものを一杯《いっぱい》食べ歩こうって決めてたのに全然できなかったし、これが初めてね……！　アルカードの名物ってわけじゃないけど、それ以上に珍《めずら》しいわよね、これは……！」

「うん、竜の肉なんて殆《ほとん》ど伝説上の食べ物だし――母上達《たち》と約束したお土産《みやげ》にもぴったりだよ。きっと喜んで貰えるよ」

「お。いいわねそれ！　あ、でもユミルまで持って帰る間にお肉が痛んで、食べられなくなるんじゃ――？」

「干し肉にして、保存が効くように調理すればいいよ」

「おぉ。それだわ！　じゃ後でいっぱい干し肉作らなきゃね！」

「うん。そうだね」

「でもその前に、あたし達は焼きたてのお肉を頂くのよ――！　ふふふ……お母さま達には悪いけど、これは現地にいるあたし達の特権なんだから――ね、ね、そろそろ食べられるんじゃない？」

「もうちょっと焼いた方がいいかも。塊が大きいから、火が通るのも時間かかるし――」

「えええぇぇ？　まだぁ？　もういい匂いしてるわよ？　誰よこんな大きな塊を丸ごと焼こうとしたのは――」

「……ラニでしょ？　そのほうが迫力《はくりょく》があって美味しそうって言ったじゃない――」

「だって一回やってみたかったんだもん……！　女の子の憧《あこが》れというか、夢でしょこういうの？」

「まあ、それは否定しないけど――」

「いや、それを女の子全員に当てはめられても困るけど……」

「まあ、確かに見応《みごた》えはありますけれど――」

レオーネとリーゼロッテが戻ってきて、呆《あき》れ声でそう言ってくる。

「レオーネ、リーゼロッテ。そっちはどうだった？」

「駄目だったわ。竜の鱗《うろこ》には硬くて刃が通らない――」

「この場で何かに利用するのは難しそうですわ。住民の皆様《みなさま》にお配りする食料は、断面からくり抜いて行けば済みますが――」

「じゃ後でわたしも試《ため》させてもらおうかな。ちょっと用意しておきたいものもあるし」

「え？　何の用意？」

「うんまあ……安全のため？　いや、戦いをもっと長く楽しめるようにするため――？」

「どっちなのよ、それは――」

「振れ幅が大き過ぎますわねぇ……」

「まあ、大丈夫だよ。悪いようにはしないから」

と、レオーネとリーゼロッテと話しているうちに――

「きゃあああぁぁぁっ！　何これ美味しいいいぃぃぃぃっ⁉　普通のお肉と全然違うわ

「……っ！」

ラフィニアが叫《さけ》び声《ごえ》を上げていた。

口をもぐもぐ動かして、幸せそうな表情。

手に握《にぎ》ったのは小ぶりなナイフで、美味しそうに焼けた竜の肉が突《つ》き刺さっている。

こちらが話している隙《すき》を見て、大きな塊から切り取ったようだ。

「あ、こらラニ……！　ずるいよつまみ食いなんて――！」

「いいじゃない、我慢《がまん》できなかったんだもん！　それに切った所はちゃんと焼けてたし――それにしてもホントに美味しいわよこれ……！　クリスの言った通りね！　こんなの初めて食べるわ……！」

「そんなに美味しいの？」

「それは、興味を引かれますわね――」

「ホントよ！　すっごい美味しいのよ――！　ただ焼いただけなのにすっごい柔《やわ》らかいし、お塩振っただけなのに味が深いって言うか……！　ほらほら食べてみて――！」

ラフィニアが嬉しそうに、竜の肉をレオーネとリーゼロッテに配る。

二人はそれを口に運んで――

「「……!?」」

吃驚《びっくり》したように目を見開く。

「ほ、本当ね……！　こんなの食べたことないわ――！」

「普段わたくし達が食べるお肉とは別物ですわ……！」

「でしょでしょ!?　こんな美味しいお肉、いくらでも食べられるわ！　よしもっと切っていっぱい食べ……！」

と、ラフィニアはイングリスが焙っている巨大肉に手を伸ばそうとするが――

「ダメ！」

イングリスが手元を動かして、肉の塊はラフィニアの手から逃げる。

「あっ……お肉が逃げた――！」

「ずるいよ、ラニ……！　わたしは手が塞《ふさ》がってたのに、一人だけ先につまみ食いして――わたしだって食べたいのを我慢してたんだよ……！」

珍しくイングリスは、ラフィニアに対して不満そうに唇《くちびる》を尖《とが》らせ、不貞腐《ふてくさ》れていた。

「あはは。ごめんごめん、そんなに拗《す》ねなくてもいいじゃない。でも拗ねてるクリスもちょっと可愛いわね～」

「もう、真剣《しんけん》に言ってるのに……こうなったらわたしだって我慢しないから！」

イングリスは手元を動かして、巨大肉に直接かぶりついた。

「んんん……っ!?　うわ、本当に美味しい……!?」

存在感のある食感。なのに柔らかく味わい深く――肉特有のしつこさも全く無い。

正直言って、話に聞いて想像していたものを上回っている。

これは素晴《すば》らしい。まさに至高。極上の肉だ。

一口しただけで、思わず頬が緩《ゆる》んで笑顔になってしまう程に美味しかった。

「ふふふっ。すごいこれ……！　怖《こわ》いくらい美味しいね――」

ばくっ！　ばくっ！　ばくばくっ！

端《はし》から虫食いのように欠けて行く巨大肉。

竜《りゅう》の肉は、話に聞いていた以上に美味し過ぎる――！

これはもう、止まらない、止まれない。

完全にイングリスの食欲に火がついてしまった。

「あたしももっと食べたい！　あたしにも頂戴《ちょうだい》！」

ラフィニアが、逆方向から肉の塊の端にかぶり付き始める。

あっという間に、広がって行く虫食いが二か所になる。

「あひゃ、りゃに。ちょりょせりゅおにゅきゅおてれれっひゃりゃめりゃよ。びゅりょびゅりょににゃるひょ？（あっ、ラニ。直接お肉を手で触《さわ》ったらダメだよ。びしょびしょになるよ？）」

「ひょーりゃにゃいれひょ。こっちゃあもひゅりょりょにゃーんにゃもろ！（しょうがないでしょ。こっちも必死なんだもん！）」

それを見たレオーネが、ふうとため息をつく。

「また始まったわね——」

「相変わらず何を言っているか分かりませんが、二人の会話は通じていますのよね」

リーゼロッテも似たような様子だ。

「ひょうりゃにゃいにゃ。ほりゅ、こっちゃりゃみょっちゃ（しょうがないなあ。ほら、こっちからどうぞ）」

「ありゃりゃとっ♪　うみゃ……っ!?（ありがとっ♪　うぅ……っ!?）」

「りょうしりゃろ？（どうしたの？）」

「にゅにゅ……こひょちょっろまりゃひゅりゃほほっりゃにゃらっちゃほも（うん……こちょっとまだ火が通ってないかも）」

「ちょりょまっりゃね——（ちょっと待ってね——）」

ゴウゥッ！

イングリスは指先から魔術《まじゅつ》の炎《ほのお》を熾《おこ》して、ラフィニアが食べていた部分を集中して焙ってあげた。どうやら、少し生焼けの部分が残っている所に当たって、それが気になったようなのだ。

「ん……これでいいかな？」

「ありがと、クリス！　よーし、今日はとことん食べるわよ！　で、明日からはいっぱい肉を切って、食料不足の街に届けてあげないとね！」

「そうだね。竜の尻尾がまた生えたら切らないといけないし――いりょりゃしゅくにゃるひょ？（忙《いそが》しくなるよ？）」

「ぢゅんりょほうひょ！　よりゅはりゃりゃいれ、よりゅたりゅりゅにょほ！（望む所よ！よく働いて、よく食べるのよ！）」

「しょうりゃね、りゃに（そうだね、ラニ）」

ばくばくばくばくばくっ！

再び猛然《もうぜん》と欠けて行く巨大肉。

「これは――二人で全部食べちゃいそうね……恐ろしい量だけど」

「ま、まあでも問題はありませんわ。あれでもごく一部ですもの。もう少し追加で切り出して、別で焼くことにしましょう？　他の皆様《みなさま》にも食べて頂きませんと」

「そうね。そうしましょう」

その後――レオーネとリーゼロッテが切り出して皆に振舞《ふるま》った神竜の肉は、やはり素晴らしく美味しいと大好評だった。

極上の料理は、単にお腹《なか》を満たすだけでない。

食べた者の気分を明るくし、明日を生きる活力となる。

神竜の肉を堪能《たんのう》した面々は、明日からの活動に士気高く取り組めそうである。

◆◇◆

そして、五日程《ほど》が過ぎて――

「よし、着陸するぞ――」

空が茜色《あかねいろ》に染まりかけた、夕暮れ時――

機甲親鳥《フライギアポート》を操舵《そうだ》するラティはそう言って、船体を広場に着地させる。この数日で野営地の周囲はすっかり切り開かれて整地され、着地する場所には事欠かない程になっていた。

そこでは皆それぞれの仕事に勤《いそ》しんで、忙しそうに動き回っている。

ガキィン！　ドゴオオォォォッ！　ガキンガキンガキイィィイン！

出所は見えないが、遠くからそんな賑《にぎ》やかな音も聞こえる。

「よーし、皆お疲《つか》れさん。最後に明日運ぶ分を積《つ》み込《こ》んで、今日は終わりにしようぜ」

「ははっ、ラティ王子！　皆聞いたな？　すぐに取り掛かるぞ――――！」

「はいっ！」

「分かりました！」

「お任せください！」

ラティがの呼びかけを受けて、ルーインが号令。

リックレアに囚《とら》われていた騎士達《きしたち》――今はもう王子ラティ直属の騎士隊と言った方が正しいかも知れないが、彼等《かれら》は溌溂《はつらつ》とした笑顔で応じる。

機甲親鳥《フライギアポート》と機甲鳥《フライギア》で周辺地域の人々に神竜の肉を配って回ると、皆とても喜んで、感謝をしてくれる。更《さら》にラティ王子が自ら食料を運んで来てくれた事が分かると、感激して涙《なみだ》する者もいた。

そういう光景を目にして来た事が、騎士達の充実感《じゅうじつかん》に繋《つな》がり表情に現れているのだ。

「今日もレオーネちゃんが肉を切っててくれてるんだよな？」

「あの子可愛いよな、ご苦労様って声かけてくれるし。よし俺《おれ》が一番に顔見に行くぜ！」

「俺はリーゼロッテちゃんがお嬢様《じょうさま》お嬢様してていいなあ」

「それを言うなら、やっぱイングリスちゃんが一番可愛いと思うがなあ。みんな可愛いけど、頭一つ突き抜《ぬ》けてるって言うか――」

「そりゃそうなんだが……あの子のやってる事が頭一つどころかぶっ飛び過ぎてて――」

「そうなんだよな。ほんと信じられないくらい可愛いんだけど、常人の理解の範疇《はんちゅう》を超え過ぎてて――」

「そうそう。レオーネちゃん達はまだ理解可能な範囲《はんい》にいてくれるからな」

などと言いあいながら、騎士達は明日分の積荷を回収しに降りて行く。

それを見ながら――船上にいたラフィニアは少々不満顔である。

操舵自体はラティにも可能だが、機甲親鳥《フライギアポート》の動力源は魔印《ルーン》を介《かい》して魔素《マナ》を注入する必要がある。

その供給役は、今日はラフィニアが務めていたのだ。

「わ、悪いな。変な話が聞こえちまって……皆遠慮《みなえんりよ》が無くてさ――」

「今は君が近くにいるから名を出すのが憚《はばか》られるだけで、普段《ふだん》は出ているんだ――気分を害さないでくれ」

「いやそれはそうだけど、そういう問題でもねえだろルーイン」

「は、はあ……？　済みません王子」

そんなラティとルーインのやり取りを聞いて、ラフィニアははあとため息をつく。

「そうじゃないわ。本当ならこの役はあたしじゃないって事よ。分かってるでしょ？」

「ん？　あ、ああ……分かってるよ――」

別に協力する事が嫌《いや》なわけではないのだが、役割としては違うとラフィニアは思う。

ラティが前面に出て、周辺地域への支援《しえん》を行うのは皆が合意の上だ。

そうする事によって住民達の信望がラティに集まり、その名声が政治的な力となる。

イングリスも言っていたが、こちらは前面に出ることは望まないので、手柄《てがら》と名声はラティに取ってもらう方が助かる。だからそれはいい。

機甲親鳥《フライギアポート》の動力源として手助けするのも別に構わない。

今日は街や村を巡《めぐ》って、住民の皆が喜ぶ顔が見られて嬉しかった。

虹の王《プリズマー》と思《おぼ》しき魔石獣《ませきじゅう》や、天恵武姫《ハイラル・メナス》のティファニエによって刻まれた傷は深いけれども、皆がラティを中心に力を一つにして、これからは前に進んでいく事が出来るだろう。そう思う事が出来たのは良かった。

だが――喜んでばかりいられない事もある。

「お帰りなさい、皆さん！　街の様子はどうでしたか？」

「あっ。プラム――うん、ただいま。みんな喜んでくれたわよ！」

「そうですか良かったです……！　今から明日の分を積むんですよね？　私も手伝いますね！」

「うん、じゃあ行きましょ！」

当人が目の前に現れてしまったため、それ以上は言えなくなってしまったが、ラフィニアの言いたかった事はプラムに関してだ。

本来なら、今日ラフィニアが行っていたような役回りはプラムが行うのが自然だろう。

プラムはアルカードの出身なのだから、ラフィニア達が前面に出るよりいい。

だが――プラムの兄ハリムの事がある。

ハリムはアルカードの貴族であり有能な行政官であったようだが、ティファニエに心酔《しんすい》し天上人《ハイランダー》となり、その片腕《かたうで》としてこの地域を蹂躙《じゅうりん》した。

その事があるため、住民達に合わせる顔が無いと言い、プラムは集落の救助には出ずにこちらの陣地《じんち》に残って諸々《もろもろ》の作業を手伝っている状態だった。

ラフィニアとしては、それを気にするなとは言えないが――

確かにプラムが一緒《いっしょ》に行くことによって、住民達の感情がラティ王子への感謝よりもハリムの血族への恨《うら》みの方向に向かう事はあり得る。

プラムの家は、このアルカードの大臣を務める家柄《いえがら》だ。

地位も名誉《めいよ》もあり、それだけにこういう場合の反動も大きい。

だから余計な波風を立てないためには、プラムの選択《せんたく》は間違《まちが》いではない。

イングリスはそう解説してくれたし、レオーネも理解できなくは無いと言っていた。

プラムがラティのためを思えば、そうなるのは仕方がない――と。

「ねえプラム、明日はプラムが機甲親鳥《フライギアポート》で行ってみたら？　どんな様子か気になるでしょ？」

「い、いえ……気にはなるんですけど、私が行って余計な混乱が起きたらいけませんから――ごめんなさい、ラフィニアちゃん。私はここに残って、出来る事をします」

「そう――」

「それがよかろうかと思います、プラム殿《どの》。今はラティ王子の名の下に、周辺地域の民心を掴《つか》む大事な時期――受けた傷を思い起こさせるよりも、前を向いて進む背中を押すことのみを考えた方がよいかと――」

近くを歩くルーインの耳にも入っていたようで、プラムに向けて諭《さと》すように言う。

「はい――」

プラムは殊勝《しゅしょう》にそう頷《うなず》く。

「…………」

ひょっとして、プラムはルーインに言い包められていて、居残りを続けるのは本意ではないのかも知れない。

だとしたら文句の一つも言ってやらねば、とラフィニアは思うのだが――

「プラム殿。我等が生きてリックレアを出られたのは、貴女《あなた》が命懸《いのちが》けでハリムに食い下がり、処刑《しょけい》を止めて下さったおかげ――命の恩人にございます。本当に感謝しています」

「い、いえそんな――」

「……直接あなたに救って頂いた我々は、ハリムと貴女が違う事は重々理解してございます。しかし残念ながら、住民達《たち》はそうではない――もう少し彼らの傷が癒《い》えて、物事を冷静に見られる余裕《よゆう》が出来てから、あなたの声とお気持ちを彼らに届けてあげて下さい。それが出来る環境《かんきょう》を、ラティ王子が作り出して下さいます。我々も微力《びりょく》を尽《つ》くしますゆえ、どうかご辛抱《しんぼう》を――」

「はい……ありがとうございます」

プラムは微笑《びしょう》を浮《う》かべて応じる。

「…………」

今度のラフィニアの沈黙《ちんもく》は、悪い意味ではなかった。

ルーインはルーインで、プラムの事を十分に考えてくれているらしい。

その気持ちは今、感じ取る事が出来た。だったら、特に文句を挟《はさ》む余地はない。

「そうだぜ……！　俺《おれ》達が何とかする――して見せるから、安心してろよ」

ラティがプラムの肩をぽんと叩《たた》く。

「はい、ラティ。ありがとうございます」

「…………」

これに関しては、ラフィニアとしては一言あった。

ずっとこのままが続けば、プラムにとってはいたたまれなくて辛《つら》いはず――

それを取り払《はら》ってあげられる一番の人間は、やはりラティのはずだ。

以前ラティは自分が王になって、プラムをお后様《きさきさま》にして守るとラフィニア達の前で宣言していた。

今すぐそうしろなどと無茶《むちゃ》を言うつもりは無いが、そうするつもりだという事をプラムに早く伝えてあげればいいのに――とラフィニアは思っている。

そうすればプラムも辛くても希望を持って頑張《がんば》れるだろうし、ラフィニアも気持ちよく手助けする事が出来るのだが——

こういう事をラフィニア達がプラムに教えるのも流石に憚られるし、やきもきする。

「——ダメね、30点だわ……」

「はぁ……⁉ な、何がだよ——？」

イングリスはラティはまだ具体的にならない事を約束してプラムをぬか喜びさせたくないだけで、そのうち時間が解決するから心配ないと言っていたが——

ラフィニアとしては、そういうつもりだという事を聞かせてくれるだけで、プラムの気持ちは全然変わってくると思うのだ。絶対そうした方がいいと思う。

そうでなくても、もう少し不安がっているプラムに何かしてあげてもいいだろう。

今のままでは普段と変わらない。もう少し踏《ふ》み込んだ何かを見せて頂きたい。

「もうちょっとなんかあるでしょって事よ……！」

言って、ラフィニアは直接行動に出た。

ラティとプラムの手を取って、強引《ごういん》に繋がせたのだ。

「「……！」」

「よしまあこれで70点くらい——？」

「な、何を……⁉」

「ら、ラフィニアちゃん……!?」

「積み込みはあたしがやっといてあげるから、ちょっと気晴らしにその辺散歩でもしてきなさいよ。二人ともずっと働いて疲れてるだろうから、息抜《いきぬ》きも必要よ？　でも、そのままでね！　手離《はな》しちゃだめだから！　ほら、さっさと行って行って！　じゃないと明日から手伝わないからね？」

言ってラフィニアは、プラムとラティを脇道《わきみち》の方へと押《お》し出した。

「わ、分かったよ仕方ねえな……ほら行くぞ、プラム」

「は、はい——ラティ」

二人はおずおずと遠慮がちに、散歩道を歩き出して行った。

ここの所中々二人きりになる時間も無かっただろうし、この機会にラティの心の内をプラムに伝えてしまって欲《ほ》しいが——

まあそうはならないにしても、二人にとって悪いことにはならないだろう。

ルーインも特に反対ではないようで、黙《だま》って二人を見送っていた。

「……よし、こっちはちゃっちゃと明日の分、運んじゃいましょ！」

「ああ、そうしよう——」

ラフィニアの提案に、ルーインは微笑《ほほえ》みながら頷いた。

◆◇◆

ガキィン！　ドゴオオォォォッ！　ガキンガキンガキイィィィン！

そんな音が鳴り響《ひび》く中――

ラフィニアは少し真っ直ぐ進んで、レオーネとリーゼロッテが神竜の尾《お》を解体している現場に辿《たど》り着いた。

レオーネの黒い大剣《たいけん》の魔印武具《アーティファクト》は大きさを操《あやつ》る事が出来、神竜の肉を切り出すのに一番向いている。

そのため、尾を狩《か》りに行く時以外は、レオーネは毎日ほぼ専属で肉を切り出す作業を行っているのだった。

リーゼロッテもレオーネと同じで、肉を切る作業を主に行っている。

彼女《かのじょ》の魔印武具《アーティファクト》の斧槍《ハルバード》の斧頭《ふとう》も肉切りには向いているし、奇蹟《ギフト》の力で飛べるため、普通《ふつう》なら手の届かない所の肉を簡単に切り落とすことが出来、こちらも作業に向いている。

ラフィニアは今日のように集落への食料輸送を手伝うのを除けば、レオーネが切った神竜の肉を干し肉や燻製《くんせい》にして、長期保存が出来るように加工する作業を主に行っていた。

味見もつまみ食いも好きなだけ出来るので、ラフィニアにとっては楽しい作業だ。

肉を干して乾《かわ》かすのにもリーゼロッテの飛行能力が有用なため、リーゼロッテはラフィニアの作業も手伝ってくれる。

ラティ配下の騎士達は、村や街への食料配給や、この野営地を本格的に集落化するための土木工事を主に行っている。プラムは主にこの後者の作業を中心に行い、時折干し肉作りにも顔を出してくれる。

ここに野営地を置いたのは成り行きだが、ここを中心にリックレアの復興が進んでいく事になりそうである。

「レオーネ、リーゼロッテ！　お疲《つか》れ様《さま》、調子はどう？」

ラフィニアは作業中の二人に声をかける。

ここは雪深く、当然気温も低く寒いのだが――二人はそんな中でも汗《あせ》を滲《にじ》ませながら作業をしていた。

「あ、ラフィニア。お帰りなさい、見ての通りまだまだよ――」

「わたくし達が肉を切り出す速度よりも、溜《た》まって行く速度の方が速いですからね――」

レオーネ達が作業中の神竜の尾の他に、更にもう一本同じ尾が横たわっているのだ。

神竜の肉といえどもあまり長く放置していると腐《くさ》ってしまうだろうし、早く切り出して周辺に配るなり、干し肉や燻製の保存用に加工してしまわないといけない。

「大丈夫《だいじょうぶ》？　クリスにも手伝わせようか？」

「いや、大丈夫よ。これもいい訓練だし、イングリスはイングリスで何かやっているみたいだし――」

「それにだんだんコツが掴めてきたのか、捌《さば》くのも早くなってきましたのよ」

神竜の肉は極上《ごくじょう》の肉質で極《きわ》めて美味なのは間違いないが――

肉を切り出す時は、余りにも弾力《だんりょく》があって並の刃《やいば》が通らない。

焼くと一気に柔らかくなり、極上の味わいとなるのである。

そのためレオーネとリーゼロッテの魔印武具《アーティファクト》を以《もっ》てしても、結構な重労働となっている。

地味で大変だが皆の役には立つし、これも訓練の一つと考えれば、悪くはないだろう。

「取《と》り敢《あ》えず、明日配る分の肉を持って行かせて貰《もら》うわね」

「ええ――他の人達も取りに来てたわ」

「あちらに積んであるものから運んで下さいね――わたくし達もお手伝いしましょうか」

「あ、大丈夫よ。クリスを呼んで来て手伝って貰うから、二人はそのまま続けてて」

ラフィニアはそう言い残して、一人でイングリスを呼びに向かう。

レオーネ達の作業場から、更に野営地の中心から離《はな》れた林の中だ。

ガキィン！　ドゴオオォォッ！　ガキンガキンガキイィイイン！

そちらに近づくたびに、音が大きく強く響いてくる。

ガンガンガンガンッ！　ドゴゴゴゴォォッ！　ガイイィインッ！

「う、うるさいわねー……」

耳が痛くなる。

ガガガガガガガガッ！　ドゴンドゴンドゴンドゴンッ！

イングリスの姿は、林の中に突如《とつじょ》ぽっかりと開いたクレーターの中にあった。

足元にあるものに向かって、猛烈《もうれつ》な勢いで拳《こぶし》を振《ふ》り下ろしている最中である。

野営地中に響いていた騒音《そうおん》は、イングリスの拳が硬質《こうしつ》なそれを叩いている音だった。

深く崩《くず》れてクレーター化した地面は、その衝撃《しょうげき》がなせる業《わざ》だった。

「クリース！　ちょっとストップストップ！　こっち手伝ってくれるー!?」

ラフィニアが呼びかけると、イングリスはぴたりと動きを止める。

「あ、ラニ。お帰り」

環境破壊《かんきょうはかい》の主は、ラフィニアを見てにこりとする。

それがクレーターの中心で拳を振り上げている姿勢でなければ——

幻想的《げんそうてき》にまで美しい微笑みだっただろう。

「どこも怪我《けが》とかしてない？　何か怖い思いとかしなかった？」

そして、とても心配そうな顔をする。

それがクレーターの中心で拳を振り上げている姿勢でなければ——

と再びラフィニアは思った。

そんな事ばかりしているから、飛び抜けて可愛《かわい》いがやる事がぶっ飛び過ぎている、などと言われてしまうのだ。

こんな轟音《ごうおん》を立て続けているので、この野営地にいる者達は皆一度は何事かと様子を見に来て、イングリスの行為に度肝《どぎも》を抜かれるという経験をしている。

今では慣れてきて、ああまたやっているなと聞き流しているのだが——

「大丈夫よ。心配性《しんぱいしょう》なんだからクリスは——それよりまた穴大きくなってるじゃない。あんまり自然破壊《はかい》し過ぎるのは良くないわよ……？　後で埋《う》めるの大変でしょ？」

「う……で、でもこうなっちゃうのは仕方ないって言うか——思いっきり叩かないと形変えられないし——」

「それって今やる必要あるの——？」

「多分ね。そのうち役に立つ時が来るよ？」

イングリスは足元に横たわっていた細長いものを掴み上げてそう言う。

じゃらりと音を立て、歪《いびつ》だが細長く伸《の》びるそれは——元は神竜の尾だったものだ。

正確にはレオーネとリーゼロッテが、断面から肉を全て切り出した後の抜け殻《がら》——表皮の竜鱗《りゅうりん》の部分だ。

イングリスはフフェイルベインの竜鱗の現地加工に挑戦《ちょうせん》していたのだ。

その製法は見た目上、全力の拳で殴《なぐ》りつけるという原始的極まりないものである。

しかし、この場のどんな道具や魔印武具《アーティファクト》よりも、霊素殻《エーテルシェル》を発動したイングリスの拳の方が硬いのも事実である。

つまりこれは原始的なように見えて最も合理的なのだ。

「ま、まあいいけど程々《ほどほど》にね——？　それより明日配りに行くお肉をこれから機甲親鳥《フライギアポート》に積むのよ。手伝ってくれる？」

「うん。分かった——それが終わったら晩御飯《ばんごはん》にしようよ」

「そうね。今日もいっぱい食べるわよ……！」

「お肉は美味《おい》しいし、いくら食べても無くならないし、最高だね」

「そうよね！　雪を食べてた時に比べたら大違《おおちが》いだわ！　飽《あ》きるまでずっとこのままがいいわね～」

「それじゃあずっとここにいる事になるかも知れないよ？　あのお肉本当に美味し過ぎて、ずっと飽きないかも知れないから」

「あはは っ。言えてるわね～。ああ、話してるとお腹空いてきちゃった！　早く仕事を済ませて、晩御飯にするわよ！」

「うん。そうだね、ラニ」

だがそのすぐ翌日——ラフィニアの言う『ずっとこのまま』は打ち砕《くだ》かれ、イングリスの言った、『そのうち役に立つ時』がやって来るのだった——

第4章 ◆ 15歳のイングリス　神竜と老王（元）　その4

翌日——

イングリス達《たち》は機甲鳥《フライギア》に乗って、神竜フフェイルベインの領域に近づいていた。

日課と化していた、神竜の尾を切り取るためだ。

だが——

「あれ……？　変ね？」

星のお姫様号《スター・プリンセス》の操縦桿《そうじゅうかん》を握るラフィニアが首を捻《ひね》る。

「そうね——いつもと違《ちが》うわ」

「幻影竜《げんえいりゅう》——でしたっけ？　あれの姿が見えませんね……？」

ラフィニアと同乗しているレオーネとプラムも、同じく疑問に思ったようだ。

「…………！」

「どうしました、ラティさん？　顔が真っ青ですわよ？」

イングリス側に同乗しているリーゼロッテが、ラティの様子に気が付いて声をかけた。

「わ、分からねえけど——な、何か震《ふる》えて来て……！　な、何か絶対やばいぞこれ、た、ただ事じゃねえ……！　い、一旦戻《いったんもど》ろうぜ——！」

「えぇっ……⁉　ど、どういう事ですの——？」

「クリス……⁉　何か分かる——⁉」

「ふふふふっ……うん分かるよ、分かる。ふふふっ——」

ラフィニアに問われたイングリスは、世にも嬉《うれ》しそうな笑《え》みを浮かべていた。

「うわ、これはろくでもない事が起きるわ……！」

「ろくでもなくなんて無いよ。ずっと楽しみにしてた事なんだから——ようやく、ラニに作って貰ったこの服の本当の出番が来たかな？」

これまでは、孫のように可愛いラフィニアが服を手作りしてくれた喜びを噛《か》み締《し》める事と、それを着た自分の姿を見て楽しむ事にしか活《い》かされて来なかったのだ。

「……！　クリス、ってことはつまり——」

「うん。これはきっと、神竜が起きたね——ふふふっ」

既《すで》にお肉の味は堪能させて貰ったが、まだこの世界についての話は聞けていないし、何より手合わせできていない。

待ち侘《わ》びたそれが、ようやく出来るようになるのだ。

「「「……！」」」

イングリスの言葉に、皆の顔には緊張《きんちょう》が走る。

「とりあえず、わたしが行って話してみるから、みんなは離れて見ててくれる？」

「だ、大丈夫よね――？」

「うん。任せて。あ、そうだ。一つお願いしたい事があるんだけど――」

「？　なに？」

「何でも言って。協力するわ」

「ありがとう。あのね、わたしが作ってたあれを――こうして……こうで――」

「ああ、素手《すで》でガンガン叩いてたあれね――」

「持って来て――すればいいのね……？」

「うん。お願いね」

と、イングリスはラフィニア達に段取りを言い置いて――

「じゃ、行ってくるね！」

笑顔《えがお》で機甲鳥《フライギア》から飛び出し――

何度か宙返りを挟んだ上で、すたんと地上へと着地する。

そこはもう既に幻影竜の生息域の真っただ中で、普段ならば彼らが一斉《いっせい》に襲《おそ》ってくる所だ。イングリスは神竜の巫女《みこ》の装束を着てはいるが、衣装に魔素《マナ》を浸透《しんとう》させる操作は行っていない。普段通り訓練目的の超《ちょう》重力《じゅうりょく》の魔術で、自分に負荷《ふか》をかけている。

神竜が何も意識せずにそこにいれば、本能的に生まれる幻影竜によって襲われて然《しか》るべき。それが起きないという事は、本能的ではなく理性的に、神竜が幻影竜を抑《おさ》えているという事だ。

フフェイルベインの尾に向かって歩みを進めながら――

そのとてつもない気配は、理屈《りくつ》だけではなく本能的にも、イングリスには感じられた。

「――違う……やっぱり――」

自分の感覚が違って来ている――

神竜の存在をより近くに。身近に感じる。ここ数日で変化したものの一つだ。

これならば、巫女の衣装を介さずとも、直接――

イングリスは神竜の尾の前に辿り着くと、声に出して呼びかける。

「神竜フフェイルベインよ――わたしの声が聞こえているでしょう？　少しお話を伺《うかが》いたいのですが？」

その呼びかけに、イングリスの頭の中に直接言葉が響いた。

『老王よ。何故《なぜ》そなたが――？　忌々《いまいま》しい神の力を身に宿しながら、我が眷属《けんぞく》の気を発するというのだ……?』

『おぉ――流石《さすが》です。わたしがお分かりですか?』

神竜《しんりゅう》からの呼びかけに、イングリスも同じように返答をする。

今のイングリスには、それが可能だった。

最初からこれが可能だったら、眠《ねむ》っている神竜を穏便《おんびん》に起こすことも可能だったかも知れないが――気が付いたのはたった今なので仕方がない。

これが恐《おそ》らく、竜同士が行う会話、交信方法なのだろう。

『忘れようはずがあるまい。その力――神の気の波動……そなたが生きているうちに再び相見《あいまみ》える事は無いと思っていたが、嬉しいぞ……だがそなたにとっては残念だったな、老王よ。どうやら我の封印《ふういん》は不完全だった様子――老い先短い人の子が、まだ命あるうちに我が甦《よみがえ》ってしまったのだからな』

『なるほど。わたしの霊素《エーテル》を感じ取り、あなたはわたしをわたしと認識《にんしき》できるわけですね――』

イングリスは深く頷く。

霊素《エーテル》を認識でき、その個体識別までして見せる――流石だ。

今のこの世界で、血鉄鎖《けってつさ》旅団の黒仮面を除けば誰《だれ》も出来なかった事だ。

つまりその位の手応《てごた》えを期待していい――というわけだ。

だが残念な事もある。

霊素《エーテル》で個体を識別できるだけに、フフェイルベインはイングリスを前世の時代のイングリス王だと認識している。

封印が不十分で、思ったより早く自由になったとしか認識していない様子だ。

つまり、イングリス王が神竜を封印して初めて目覚めた、というような口ぶりだ。

『ですが、一つ間違えています。封印は結構よくできていたようですよ？　あの時は女神《めがみ》アリスティア様も直接お力をお貸し下さいましたし――あれから今初めてお目覚めになるのでしょう？』

イングリス王が天寿《てんじゅ》を全《まっと》うし、長い時間を経て転生を果たしイングリス・ユークスとして生まれ変わって十五年――

その間、フフェイルベインはずっと封印され眠り続けていた。

それだけ深く眠っていたのなら、途中《とちゅう》で尾を切り落とされても気づかなかったりしても、仕方のない事かも知れない。

『……何を言っている？　老い先短いそなたが存命であることが何よりの――』

『それは、地上に出てわたしを見て頂ければ分かるかと。もうそこに埋まっている理由は無いでしょう？　余程《よほど》居心地《いごこち》がいいなら止めはしませんが——』

『馬鹿《ばか》を言うな。そなたを前にして、黙って見過ごす事など出来ようか……神をも滅《ほろ》ぼせしこの我が、人の子如《ごと》きに地の底に堕《お》とされたあの屈辱《くつじょく》——我が長き生の中でも、あれを超《こ》えるものは他《ほか》に無し……我が手でそなたを撃《う》ち滅ぼし、あの屈辱を晴らしてくれようぞ——！』


ゴゴゴゴゴゴゴ…………ッ！


大音声《だいおんじょう》と共に、足元が大きく揺《ゆ》れ始める。

地面に突《つ》き出した神竜の尾を中心に、放射線状にひび割れが走り——

中から盛り上がってきたものによって、完全に崩れ落ちて行く。

神竜の身体全体が、地面から這《は》い出て来たのだ。

尾のすぐ近くにいたイングリスの足元も崩れ、神竜の背によって、その身が高く運ばれていく。ちょっとした城にも匹敵《ひってき》するような、雄大《ゆうだい》でかつ非の打ち所の無い美しい姿だ。


グオオオオオォォォォォォオンッ！

迸《ほとばし》る咆哮《ほうこう》。ビリビリと空気が震えて、その迫力《はくりょく》で竜巻《たつまき》のような突風《とっぷう》が巻き起こる。
イングリス王の記憶《きおく》にも鮮明《せんめい》に残る、神竜フフェイルベインの完全なる雄姿《ゆうし》。
この姿を目《ま》の当たりにした時、前世のイングリス王は体の震えを覚えたものだ。
この強大な存在を制するために、どれ程《ほど》の犠牲《ぎせい》を払わねばならぬのか――
自分はもう老いていて、一人で解決できる問題ではない。
しかし国と民のため、神竜を放置しておくことはできない。
多数の前途《ぜんと》ある若者の命が失われるだろうが、戦えと命じなければ――
自分が老いてさえいなければ。それが悔《く》やまれる――
そういった思いが、当時のイングリス王の体を震わせたものだが――
「ふふふ――ふふふっ……来ましたね――」
今再びイングリス・ユークスの身に走るこの震えは――
正真正銘《しょうしんしょうめい》、単なる武者震《むしゃぶる》いだ！
「はぁっ！」
イングリスはフフェイルベインの背を蹴《け》って飛び降り、その真正面に着地をする。
そしてたおやかな淑女《しゅくじょ》の笑みを浮かべて、ぺこりと一礼をする。

「ごきげんよう——お久しぶりですね？　お変わりないようで何よりです」

可憐《かれん》な花のように微笑むイングリスの姿を見て、神竜は戸惑《とまど》った様子だった。

この巨大《きょだい》な竜に表情などは無いが、慎重《しんちょう》に窺《うかが》うように、首を傾《かたむ》けている。

『どういう事だ——この霊素《エーテル》は確かにあの老王の波動のはず……!?』

頭の中に流《なが》れ込《こ》んでくる声にも、戸惑いの色が。

「ええ。確かにわたしはわたしです——あなたの感覚は、間違っていませんよ？　ご心配無く——」

『ならばその姿は……？　我が贄《にえ》の者共の装束まで——さては、魔術《まじゅつ》の類や神の仕業《しわざ》でその娘《むすめ》の身体を奪《うば》って見せたか……？』

「そんな事はしませんよ。あれから天寿を全うした後——わたしは女神様のお力によって生まれ変わらせて頂いたのです。かつての記憶と、神騎士《デイバインナイト》としての力を残したまま——わたしとあなたが戦ったあの時代からは、もう既にどれ程かも分からない位の長い時が過ぎているんですよ。ですから、封印は結構よくできていた——と。あなたがお目覚めになるのは、あれからこれが初めてなのでしょう？」

『ふん——にわかには信じ難《がた》き話よ……』

「それが証拠《しょうこ》に、あなたを封《ふう》じたクラヴォイド火山は跡形《あとかた》も無く、この土地はあなたから浸透した力で寒冷地化しています。世界はすっかり様変わりしているのですよ？　感じませんか？　今のこの世界には、神の気配が失われていることを――」

『――確かに世界を巡る気は、あの頃《ころ》とは様変わりしているようだな……神は世界を去ったか、あるいは互《たが》いに争い共倒《ともだお》れたか――いずれにせよそなたら人間は、庇護者《ひごしゃ》を失った……という事か』

「そういう事になる――のかも知れませんね」

確かに今のこの世界に、神々の気配を感じることはできない。

フフェイルベインの指摘《してき》には、イングリスも頷かざるを得ない。

『が――それが何だというのだ……？』

「――と、言うと？」

『長き時が過ぎたから――世界の有様が変わったから――それでかつての事を水に流せとでも言いたいか……？　我との戦いを望まぬと、その装束を纏《まと》った贄を使って言伝《ことづて》たように、な――』

「贄ですか……彼女等は神竜を奉《たてまつ》る巫女だと」

『そなたらの勝手な解釈《かいしゃく》だ。我にとっては贄に過ぎん――それはいつでも身を捧《ささ》げるという証の死装束よ。ある者は喰《く》い、ある者は喰わずにおれば、生きる事に拘《こだわ》り我を前に醜態《しゅうたい》を晒《さら》す者もいる——その恐怖《きょうふ》と絶望に満ちた表情が、何より美味でな——』

「なるほど……あなたが戯《たわむ》れに喰わずに置いた者達《たち》が、自分達は選ばれし神竜の巫女だと言っていたわけですね——」

『必ずしも間違ってはおらぬ——滑稽《こっけい》だがな』

「そうですか——彼女達《かのじょ》には聞かせられないお話ですね」

真実に気が付かないまま、神竜の巫女という存在が歴史から消えたのは、ある意味では良かったのかも知れない。

「この恰好《かっこう》自体はとても可愛らしいので、気に入っていたのですが——」

『くく——それには我も同意しよう……』

「おや、趣味《しゅみ》が合いますね？」

『見ればその娘の体は、枯《か》れた老人のそなたなどよりも大層瑞々《みずみず》しい——肉も柔《やわ》らかそうで、如何《いか》にも美味《うま》そうだ』

「……確かに、あの頃より今のわたしのほうが美味しいでしょうね。では、わたしを食べるつもりだと——？」

『先程《さきほど》も言ったはず——我が手でそなたを撃ち滅ぼし、あの屈辱を晴らしてくれよう、とな。見るからに美味そうなその姿を見れば、猶更《なおさら》食欲も増そうというもの——目覚めたばかりで我は空腹なのだ。そなたにとっては我との戦いを避《さ》けたかろうが、残念だったな……！　逃《に》がしはせぬぞ――――！』

グオオオオオォォォォォォ――――ンッ！

フフェイルベインが再び大きく咆哮。

空気の振動《しんどう》がイングリスの頬《ほお》を打ち、長い銀髪《ぎんぱつ》を大きく揺らす。

そしてイングリスの表情は、嬉しそうな満面の笑みだった。

「ふふふふ――ありがとうございます。長い長い時が経《た》っても、あなたは変わらずにいてくれて……お礼を言いますよ」

『……？』

「わたしの方は、もうあの頃とは違います。生まれ変わって、違う生き方を楽しんでいる最中ですので――戦いを避けたいだなんて、とんでもない。何があっても、逃げも隠《かく》れもしません……！　わたしを食べたいならどうぞご自由に――お互い様ですからね？」

こちらはもう既に、存分にフフェイルベインの美味しい肉を堪能《たんのう》させて貰っている。

こちらは散々食べておいて、あちらに喰うなというのもおかしな話だ。

やはり——竜と人とは相容《あいい》れない生き物かも知れない。

竜にとって人は美味い食料であり、人間にとっても竜は美味い食料だった。

その事を話ではなく、体験してしまったのだ。もう戻《もど》れない。

お互いがお互いに美味しい事を理解し合ったのなら——

それはもう、捕食《ほしょく》し合うしか道は無いのかも知れない。

強くて美味しい敵など、最高ではないか。

魔石獣《ませきじゅう》は強くていい手合わせ相手なのだが、基本的には食べられないのだ。

『お互い様——？　何のことだ？』

「ふふっ。何でもありません。こちらの話です」

眠っている間に何度も尾を切って肉を堪能させて頂いていたと知られれば、気位の高いフフェイルベインは怒《いか》り狂《くる》うだろう。ここは黙っておいた方がいい。

「そんな事よりも、お腹《なか》が空いているんでしょう？　さあどうぞ、わたしを食べて下さい。ただし、食べられるものなら——ですが」

イングリスは軽く身構えて、にっこり笑顔で神竜を手招きする。

『不遜《ふそん》な態度よ——だが、よかろう……！　この飢《う》えを満たし、かつて受けた屈辱を晴らす——望む所だッ！』

グオオオォォッ！


フフェイルベインは高らかに咆哮し、前足を振り上げイングリスに叩き下ろす。

見上げるような巨体《きょたい》でありながら、その動きは俊敏《しゅんびん》で鋭《するど》い。

瞬《まばた》きする間に、凶悪《きょうあく》な爪《つめ》が生えた前足がすぐ眼前に迫《せま》っていた。


ドガアアァァンッ！


衝撃が地を撃ち、爆発《ばくはつ》したような音が響き渡《わた》った。

それだけの質量と威力《いりょく》が炸裂《さくれつ》したにも拘《かかわ》らず、土埃《つちぼこり》や土砂《どしゃ》の類は飛散しない。

それは――イングリスがその場に踏み止《とど》まって腕《うで》を組み、フフェイルベインの一撃《いちげき》を真正面から受け止めていたからだ。

そのおかげで足元の地表は、吹《ふ》き飛ばされる事を免《まぬが》れたのだ。

フフェイルベインの攻撃《こうげき》の余りの圧力に、足元がひび割れて陥没《かんぼつ》してはいるが。

『……どうした、若返った割に動きが鈍《にぶ》ったのではないか？　まさか、か弱き女の身になった故《ゆえ》などと言うまいな』

「まさか。今のわたしはあなたの知る老王とは別物――単に攻撃を受け止めてみたかっただけです」

国と民の運命を背負う王ならば、どんな戦いでもなるべく被害《ひがい》を抑えて戦うのが正しい。

フフェイルベインのこの挨拶《あいさつ》代わりの一撃は、避けるのが当然の選択肢《せんたくし》となる。

しかしこのイングリス・ユークスの戦いは、相手の力を真正面から受け止めて、そして勝つものだ。それが一番、自らの成長に繋《つな》がる。だから、そうしたまでの話だ。

こうしているうちにも、神竜の腕はイングリスを叩《たた》き潰《つぶ》そうと、恐ろしいまでの圧力を加え続けてくる。それが心地《ここち》良《よ》く、イングリスの顔からは笑みが絶えない。

『ふん。それが単なる痩《や》せ我慢《がまん》でないか、試《ため》してくれよう――！』

「どうぞ。いくらでも――！」

『後悔《こうかい》させてやろう……！』

ゴアアアアッ！

フフェイルベインが一声吠《ほ》えると、その身から無数の幻影竜が生み出される。

それが一斉に、前足の圧力を堪《た》えるイングリスへと殺到《さっとう》する。

「「「グオオオォォォッ！」」」

その顎《あぎと》の鋭さは、生身で受けてしまえば手傷を免れ得ないだろう。

だがこれは、神竜にとっては搦手《からめて》程度の攻撃方法だ。

そんなものに、この衣装を引き裂《さ》かれるわけには行かない。

神竜にとっては単なる生贄《いけにえ》の証の死に装束かも知れないが――

そんなものは関係なく、ラフィニアに作って貰った大切な服なのだ。それに可愛らしくて見た目も気に入っている。

「はあぁっ！」

――霊素殻《エーテルシエル》！

イングリスの身を包んだ霊素《エーテル》の波動は、幻影竜の牙《きば》を弾《はじ》き返し一切《いっさい》の傷を受けない。衣装の方も当然無事だ。

『ぬうっ……！　忌々しき神の力よ――』

「これだけでは、ありませんよ！」

先程までは、霊素殻《エーテルシエル》を使わずに神竜の力を受け止めていた。

それを発動した今なら――！

「はあっ！」

拮抗《きっこう》していた神竜の前足との押《お》し合いが、一気にイングリスの優位に傾く。

真っ向から押し込んで、強引《ごういん》に前足を弾き返す。

巨大な手によって塞《ふさ》がれていた前方の視界が開け、神竜の姿全体が目に入った時――

既にその口元には、冷たく煌《きら》めく輝《かがや》きが渦《うず》を巻くように収束していた。

「――！」

流石に隙《すき》が無い――！

これは神竜フフェイルベインのがその身に宿す凍結《とうけつ》の力を凝縮《ぎょうしゅく》した、竜の吐息《ドラゴン・ブレス》だ。

まともに浴びれは人体など一瞬《いっしゅん》にして凍結し、そこに衝撃を受ければ粉々に打ち砕かれてしまう。

前世の時代の神竜との戦いでは、何人もの人間がそうなるのを見た。

フフェイルベインの攻撃の中でも、最大の威力を誇《ほこ》るもののうちの一つだろう。

ブオオオオオォォォォォッ！

猛烈な唸《うな》りを上げて噴出《ふんしゅつ》される極寒《ごっかん》の輝き。

「真っ向勝負っ！」

──霊素弾《エーテルストライク》！

イングリスは輝く吐息の真正面に、霊素《エーテル》の光弾を打ち込んで応じる。


スゴオオオオォォォオッ！


竜の吐息《ドラゴン・ブレス》と霊素弾《エーテルストライク》の軌道《きどう》が真っ向からぶつかる。

双方《そうほう》の威力のせめぎ合いは暫《しばら》く均衡《きんこう》したが──

霊素弾《エーテルストライク》の方が押し込み始め、次第《しだい》に神竜の方に進んで行く。

『ぬううう──!?』

「──そこですっ！」

霊素弾《エーテルストライク》の後に必要な、若干《じゃっかん》の間は既に過ぎた。

──追撃《ついげき》の霊素殻《エーテルシェル》から、霊素壊《エーテルブレイカー》に繋げる！

イングリスは霊素殻《エーテルシェル》を発動。

地面を蹴って、じりじりと進む霊素弾《エーテルストライク》に飛び込もうとした瞬間《しゅんかん》──

『ぬうううぅぅぅっ!?』

神竜は驚《おどろ》くような俊敏さで身を捻り、巨木《きょぼく》のように太くて長い尾《お》を振り抜《ぬ》く。

バヂイイイイイインッ！


それが霊素弾《エーテルストライク》を撃ち、本来の軌道を大きく逸《そ》れて弾《はじ》き飛ばされる。

――これでは霊素壊《エーテルブレイカー》を狙《ねら》い通り炸裂させることは出来ない。


「やりますね……！　ですが！」

イングリスは踏《ふ》み込みの角度を即座《そくざ》に切り替《か》え、弾かれた霊素弾《エーテルストライク》の軌道上に回り込む。

「せっかくですから、受け取って下さいね！」


ドゴオオォォォッ！


振り抜いた蹴りが、再び霊素弾《エーテルストライク》を神竜の方へ撃ち返す。

『――小癪《こしゃく》ッ！』

フフェイルベインの反応や動きには、巨体ゆえの鈍重《どんじゅう》さなど微塵《みじん》も無い。

撃ち返した霊素弾《エーテルストライク》にも俊敏に反応をして見せる。

バヂイイイイィインッ！

再び振りかぶった尾が、霊素《エーテル》の光弾を別方向に弾き飛ばす。

今度はフフェイルベインの頭上方向に打ち上がった光を、拳で殴りつけて叩き下ろす。

「まだまだッ！」

『――しつこいぞッ！』

再び巨木のような神竜の尾が、鞭《むち》のように柔軟《じゅうなん》に撓《しな》って唸る。

その神の光をも弾き返す一撃は――今度は強烈《きょうれつ》な風切り音を立てて空振《からぶ》りをした。

『ぬぅ……ッ!?』

霊素弾《エーテルストライク》が途中でガクンと進路を変えて、尾撃の軌道を外れたからだ。

その動き――イングリスが霊素《エーテル》の光弾の軌道を変えるために先回りして打撃《だげき》を加えたに違いないが、その動きがフフェイルベインには見えなかった。

それをもって、確信する。

間違《まちが》いない――あの老王よりも、それが生まれ変わったというこの娘の方が強い。

あれから長い時間が過ぎたというが、その間ずっと眠っていたフフェイルベインの体感としては、あの老王との戦いも記憶に新しい出来事だ。

その時はこんな、認識出来ないような速度の動きはしていなかった。

フフェイルベインにとっては勝てぬ相手ではなく、それを向こうも認識しているが故に配下を大量に使い、様々な策も弄《ろう》してこちらを封じようとして来たものだが——

目の前のこの娘は違う——別物だ。

あの老王とは違い、悲壮感《ひそうかん》や使命感を漂《ただよ》わせてこちらと対峙《たいじ》するでは無く、薄《うす》ら笑《わら》いさえ浮《う》かべて、楽しそうにこちらに向かってくるのだ。

こちらに一切の畏怖《いふ》を見せない、不遜な態度。そして、この神竜の反応を上回るような速度で動き回って見せる。

こんな事は初めてだった。何とも言えない、薄気味悪《うすきみわる》さを感じる。

次の瞬間、フフェイルベインの背に霊素弾《エーテルストライク》が着弾《ちゃくだん》していた。

『ごあぁぁぁッ!?』

「よし——!」

イングリスはその隙を見逃《みのが》さない。

すかさず追撃──！

着弾点にイングリスは突進《とつしん》するが、しかし──

それより早く神竜は身を捩じりながら翼《つばさ》を広げ、高く空へと飛び上がる。

本当に巨体の割に柔軟で俊敏な動きだ。

だからこそ──面白《おもしろ》い！

イングリスは突進の勢いを落とさず、そのまま進む。

フフェイルベインは飛び上がって逃げたが、まだ生きている霊素弾《エーテルストライク》が地面を貫通《かんつう》して消えて行く前に、蹴り上げて追撃する！

だが──

ブオオオオオオォォォォオッ！

着弾点に先回りするように、煌めく凍気の奔流《ほんりゆう》が放射された。

「──！」

そしてそれを受けた霊素弾《エーテルストライク》が、とうとうを力を失い霧散《むさん》して消えた。

『これで同じ真似《まね》はできまい──！』

「やりますね――！」

霊素弾《エーテルストライク》を消し去った竜の吐息《ドラゴン・ブレス》は、そのままイングリスの後を追いかけて来る。

まともにこれを浴びては――いくら霊素殻《エーテルシェル》を身に纏っていても無事には済まないだろう。

竜という種族は、その存在そのものが力を持ち、超常《ちょうじょう》的な現象を操《あやつ》る。

その独特な生体的な力。仕組み、理《ことわり》――かつてのイングリス王の時代、竜を研究する者達は竜理力《ドラゴン・ロア》などと呼んでいたが、これは魔素《マナ》を使った単なる魔術とは、根本的に異なる力だ。

この世界の万物《ばんぶつ》の根源たる霊素《エーテル》を根源としていないのである。

つまりこの世界の法則とは全く独立した、系統の異なる力なのだ。

それをどう解釈するかは、色々な説があった。

例えば、竜は元々この世界とは異なる世界の存在であるとか、竜の造物主はイングリス達が知る神々とは別の存在であるとか、竜は元々神の僕《しもべ》であったが、主人である神を殺し力を奪い、独自の力を身につけたとか――

どれが正しいかはイングリスには分からない。

が――一つ言えるのは、神を殺し力を奪える程に、竜の力は強大だという事だ。

竜理力《ドラゴン・ロア》は力の質として霊素《エーテル》に引けを取らないものなのだ。特に竜の中でも最高峰《さいこうほう》に位置するこの神竜フフェイルベインのそれは。

イングリスは周囲を走り回って、竜の吐息《ドラゴン・ブレス》から身をかわし続ける。極度に圧縮されキラキラと輝きさえ放つ冷気は、地面に触《ふ》れるとあっという間に巨大な氷塊《ひょうかい》と化し、障害物と化して行く。

「やはり凄《すご》いですね、さすが神竜の力です……！」

周囲を埋《う》め尽《つ》くす、宝石のように輝く氷塊。その光景にイングリスは舌を巻く。

これだけの威力をこんなにも長く放出し続けるとは、凄《すさ》まじい力の量だ。しかもまだまだ、勢いが弱まる気配もない。

イングリスがこれだけの強さの力をこんなにも長く放出し続けていたら、もう既に力が尽きているだろう。

手合わせの結果に直接繋がるわけではないが――力の持久力の面では、こちらは敵《かな》わない。持久力にまだまだ課題を抱《かか》える身としては、これは素直《すなお》に認めざるを得ない。

もっともっと訓練が必要だ。この差を埋めるには、訓練の他は無い。

『どうした――!?　逃げ回っているだけかッ！』

「さあ、どうでしょうか……!?」

相手は空、こちらは地上。位置的には、頭上を取ったあちらが優位。

こちらが反撃《はんげき》をするには跳《と》び上がって打撃を加えるか、霊素弾《エーテルストライク》を撃つかになるが——どちらも直線的な攻撃となる。

これだけの間合いが開いていれば、俊敏な神竜はそれに反応し、迎撃又《げいげきまた》は回避《かいひ》をしてしまうだろう。

特に霊素弾《エーテルストライク》は、残りそう何発も撃てない。

そして、撃ち上げた後に打撃を加えて軌道変更《きどうへんこう》しようにも、空中では足場が無くそれが満足に出来ない。

力の持久力の差を考えれば、ここは確実に有効打を打ちたい所。

今は逃げ回りながら、機会を待つしかない。そしてそれは、もうすぐだ——

『いつまでも逃げ切れはせんぞッ！』

神竜は高度を保ったまま竜の吐息《ドラゴン・ブレス》を吹き出しつつも、前足を叩き付けるように振《ふ》り下ろす。

空中であるためそれはイングリスに届かず、当然空振りになるはずなのだが——

その巨大な手の動きが、イングリスの目には二重にブレたように映った。

幻影竜《げんえいりゅう》のような色合いの、白っぽい半透明《はんとうめい》の巨大な竜の手だ。

それが、本体の動きに追従して現れたのである。

幻影竜ではなく、幻影《げんえい》の手と言えばいいだろうか――

それが本体から離《はな》れた地表にまで飛んできて、イングリスの頭上を襲って来る。

その強大な破壊力《はかいりょく》は、神竜本体の力をも上回りそうな程で――

「――！」

ドゴオオオォォォンッ！

地面に穴を穿《うが》ち、轟音《ごうおん》を立てる。

同時に周囲を埋め尽くそうとしていた氷塊も破壊《はかい》され、その破片《はへん》が飛び散って舞《ま》い上がる。見た目には、視界一面が星のように煌めくような、幻想的《げんそうてき》な風景だ。

これは、幻影竜を応用した攻撃方法だ。

生体的な気が自然と眷属の形を取り、敵を攻撃する現象が幻影竜。

その力の流れを意図的に操り、肉体の一点に集中すれば――

それがもう一つの手足となり、本来の肉体と同等以上の破壊力を発揮するわけだ。

幻影竜がある程度本体を離れて活動していたように、これもある程度本体から離れた位置にも作用するようだ。

霊素殻《エーテルシェル》を発動したイングリスには、幻影竜の牙は通らない。

だから力を集中しその分破壊力を上げて来たという事だ。

見た所、この技の破壊力は本体のそれをも上回る。

本体の攻撃も届く近接戦闘《せんとう》ならば、打撃と同時にこれを重ねる事により、単純に威力は倍以上に跳《は》ね上がってくるだろう。

これと真っ向力比べをしてみたいが――今の戦況《せんきょう》はそれを許さない。

遠距離《えんきょり》からの竜の吐息《ドラゴン・ブレス》に加え、この幻影の手も走り回るイングリスの追跡《ついせき》に加わる事になり、回避し続ける難易度がより上がった事になる。

降って来た幻影の手を飛び退《の》いて避け、その着地点に先回りした極寒の吐息は氷の剣《けん》を地面に突き刺《さ》して急停止して回避。

竜の吐息《ドラゴン・ブレス》はすかさず方向を変えて追って来るが、前方に駆《か》け出して振り切った。

そこに頭上から降ってくる半透明の神竜の右手。

気配を察したイングリスはすかさず進行方向を左に切り替えて進む。

その進路の鼻先を押さえるように叩き下ろされる幻影の左手は、イングリスではなく大量の氷塊を叩き潰す。

この一撃はイングリスの進路には落ちたが、直撃《ちょくげき》する位置ではなかった。

こちらの動きを追っているが、追い切れていない――と言った所だろうか。

このまま回避を続けることは出来そうだが――

『これを受けよッ！』

ならば、と言わんばかりに神竜は巨木のような尾を振り上げる。

手が足りぬなら、尾を増やせをいうわけだ。

地表に生み出された幻影の尾は、イングリスの視界の右手から――

その軌道上の広大な範囲《はんい》の氷塊を薙《な》ぎ払《はら》いながら突進してくる。


ドガシャアアアアァァァァッ！


巨木のような尾が氷塊を砕《くだ》く音。そして、氷塊と氷塊がぶつかる音。

散々御馳走《ごちそう》になった極上《ごくじょう》の肉質の尾は、破壊力のほうもまた極上。

それを超える威力を持つ幻影の尾の破壊力は、言わずもがなである。

その薙ぎ払い自体は跳び上がって避けたが――

大音声と視界を埋め尽くすほどに大量に飛び散った氷のかけらが、状況把握《じょうきょうはあく》を極端《きょくたん》に困難にさせる。

――そこを見逃す、フフェイルベインではない。

『捉《とら》えたぞッ！』

「っ⁉」

ドゴオオオォォォッ！


そこに、横殴《よこなぐ》りの衝撃《しょうげき》がイングリスを撃つ。幻影の右手が繰《く》り出した一撃だ。

イングリスの身体は物凄《ものすご》い勢いで吹き飛び、地面に激突《げきとつ》。

衝撃で大きく体が跳ね、二回、三回――目で体勢を立て直して着地をした。

「ああ、服がちょっと破れちゃった――」

『このまま叩き潰してくれるわッ！』

すかさず、幻影の左手がイングリスの眼前に迫って来た。

「いいえ、お断りします――！」

せっかくラフィニアが手作りしてくれた大事な服なのだ。

ここで駄目《だめ》にしてしまうわけには行かない――！

ドゴオオオォォォォォオンッ！

イングリスの繰り出した右の拳《こぶし》が、幻影の左手と正面衝突《しょうとつ》。

その衝撃が、周囲に降ってくる巻き上げられた氷塊を吹き飛ばす。

一点集中し神竜《しんりゅう》の肉体をも超える威力を発揮する竜理力《ドラゴン・ロア》とのぶつかり合いは、流石《さすが》に幻影竜に拳を叩き込んだ時のようにはいかず、互いの威力がせめぎ合って停滞《ていたい》をした。

「……っ！　ふふふっ――素晴《すば》らしい手応《てごた》えです！」

僅《わず》かにイングリスが押し勝って、幻影の左手が逸れて後ろに流れて行ったが――

霊素殻《エーテルシエル》を発動したこちらの拳打と、威力はかなり近いと言える。

衝突で腕に覚えた痺《しび》れが心地良く、イングリスは笑《え》みを禁じ得なかった。

ずっとこうして激闘《げきとう》を楽しんで、お腹が空いたら尻尾《しっぽ》を切って食べさせて貰《もら》える。

神竜とは何と素晴らしい存在なのだろうか。何一つとして無駄《むだ》がないではないか。

『ちっ――！　だが我に翼がある限り……！』

立ち位置の有利は揺るがない、とフフェイルベインは言いたいのだろうが――

「そうとも限りませんよ――！」

イングリスは全速力で地を蹴った。

その身は跳び上がるが、真っすぐ神竜に向かう軌道ではない。

目標の地点は——先程のフフェイルベインの尾の薙ぎ払いで大量に、高く舞い上げられた氷塊のうちの一つだ。

その猛烈《もうれつ》な威力ゆえにあまりに高く巻き上げられ、まだ周囲に降り注いでいるのだ。

「はあぁぁぁぁっ！」

氷塊を足場として蹴り、別方向に跳躍《ちょうやく》。

次、さらに次——連続して氷の足場を蹴りながら、イングリスは空に昇《のぼ》って行く。

真《ま》っ直《す》ぐ飛び上がって攻撃などしても、この距離《きょり》では反応されて対応されてしまう。

こうして氷塊に身を隠しつつ、複雑な軌道で接近する事により、フフェイルベインはイングリスの動きを捉え切れない。

あの尾の攻撃は、向こうがイングリスを捉える切《き》っ掛《か》けになったが、イングリスにとっての好機も生み出していたのだ。

『ぬううううぅっ!?　おのれちょこまかと——！』

「足場を作って頂いて、ありがとうございます……！　そしてもう一つ——空にいるから有利とも限りません……！　なぜなら——！」

ドゴオオオオオオオオオォォォォン！

それまでで最大の轟音が鳴り響《ひび》いた時──

矢のように真っ直ぐ体ごと突撃《とつげき》したイングリスの蹴《け》りが、フフェイルベインの腹部に深々と突《つ》き刺さっていた。

『うぐ……っ!?　ぐおおぉぉああぁぁ……っ？』

フフェイルベインの巨体が、空中で大きく傾《かし》ぐ。

「あなたのお腹は超強度《ちょうきょうど》の竜鱗《りゅうりん》に覆《おお》われているわけではありませんから──ね？」

フフェイルベインの頭や首、背や尾は非常に硬《かた》い竜鱗に包まれているが、腹部はそこまでではない。空を飛んで上から見下ろしてくるという事は──下から見る側としては、比《ひ》較的柔《かくてきやわ》らかい腹部が剥《む》き出しという事だ。向こうが思っている程《ほど》には、こちらの不利一辺《いっぺん》倒《とう》というわけではない。

『ぬうぅぅぅぅぅぅっ!?　この程度でえぇぇぇ──っ！』

一瞬ゆらいだフフェイルベインが、体勢を立て直す。

有効打にはなっただろうが、流石の打たれ強さである。

そして頭に血が昇ってはいても、戦いぶりは冷静なのも流石だ。

さっと地面に降りて身を低くし、こちらに竜鱗に覆われていない面を晒さないように構えるのだ。それでも、イングリスからすれば見上げるような高さである。

「今度は接近戦――ですね？」

『先程我は悟《さと》ったぞ――単純な力ならば我が押し勝つ――！』

確かに、フフェイルベインの見立ては理に適《かな》っている。

あちらの竜理力《ドラゴン・ロア》を凝縮した幻影の尾や手の一撃と、霊素殻《エーテルシエル》を纏ったこちらの直接攻撃の威力はほぼ等しい。

そしてこの接近した間合いで打ち合えば、あちらの攻撃には竜理力《ドラゴン・ロア》だけでなく肉体そのものの力も乗る。

その分、フフェイルベインがイングリスを圧する事になる。

圧して押し込《こ》んで――一旦《いったん》そうなってしまえば、小さな人間の体など簡単に壊《こわ》れる。

これまでの戦いから、フフェイルベインがそう判断するのは正しい。間違いない。

だが、間違っている――！

『オオオオオオオオォォォォォォォッ！』

「はあああぁぁぁぁぁぁっ！」

ドガアアアアアアアアアアアアンッ！

フフェイルベインの無骨に尖《とが》った巨大《きょだい》な手と、それに対して小さく、白魚のようなイングリスの手。

それが真っ向ぶつかり合って轟音を立て――

押し負け仰向《あおむ》けに倒《たお》れたのは、神竜フフェイルベインのほうだった。

『な……んだと――っ⁉　バカな――――――ッ⁉』

フフェイルベインは思わず叫《さけ》んでいた。

おかしい。絶対におかしい。何故《なぜ》――何故だ？

それはこの結果に対してではない。

自分が正面からの拳のぶつかり合いで押し負けた理由は、明確に理解できた。

簡単だ。あの老王が生まれ変わった結果だというこの娘《むすめ》に、別の力が働いたのだ。

それがフフェイルベインには、誰《だれ》よりも明確に理解できた。

白っぽい半透明の巨大な竜の手が、イングリスの側にも表れて、彼女《かのじょ》の拳に重なって後《あと》押《お》しをしたのである。こちらの使う幻影の手そのものだった。

その力が加わったことにより、激突はこちらが力負けし、体が裏返るほどに弾き飛ばされてしまっている。

力の足し算をすれば、結果は理解できる。だが——

『何故だ……!? 何故そなたが……ッ!?』

声は上げたが——戦いへの集中は切らさない。

裏返った体勢では腹部ががら空きだ。

この隙に撃《う》ってくることを見越《みこ》して、腹に竜理力《ドラゴン・ロア》を集中して衝撃に備えつつ、可能な限り早く身を起こす。

その反応の俊敏さが幸いしたか——

腹部への攻撃を受ける前に、体勢を立て直す事に成功した。

『我が竜理力《ドラゴン・ロア》を……! 一体何故——!?』

フフェイルベインはイングリスに視線を向け——

たのだが、元居た場所に既《すで》にイングリスの姿は無かった。

『ぬううっ!? 何処《どこ》だ……っ!?』

「いくら硬い鱗《うろこ》であっても——衝撃は中に伝わりますよね!?」

『——上っ!?』

フフェイルベインが上に視線を向けると――

イングリスは身を強く捻《ひね》り、蹴りを振り抜く寸前の姿勢だった。

如何《いか》にも形がよく美味《うま》そうな脚《あし》には――

先程《さきほど》と同じように、竜理力《ドラゴン・ロア》で発現した幻影の竜の尾が纏《まと》わりついている。

それが――その場のフフェイルベインの目に映る光景の最後だった。


「はあああああぁぁぁぁぁあっ！」

ドゴオオオオオオオオオォォォォォォッ！


霊素殻《エーテルシエル》に更《さら》に竜理力《ドラゴン・ロア》を上乗せしたイングリスの蹴りが、フフェイルベインの頭部に炸裂する。

いくら超強度の竜鱗に覆われていても、頭部への強烈な衝撃は中身の脳を揺《ゆ》らす。

イングリスの渾身《こんしん》の一撃を頭に受けた神竜の身体は、ぐらりと傾《かたむ》き――

大きな地響《じひび》きを残して、その場に倒れ伏《ふ》した。


「…………」

イングリスは身構えたまま、しばらく様子を窺《うかが》う。

――起き上がってこない。どうやら昏倒《こんとう》させることが出来たようだ。

少し警戒《けいかい》を解き、一息して額に滲《にじ》んだ汗《あせ》を拭《ぬぐ》う。

「ふぅ――ああ、楽しかったなあ……」

流石は、神をも滅《ほろ》ぼすと言われた神竜フフェイルベインだ。

その力の手応えは尋常《じんじょう》ではなく、イングリス・ユークスとしてこれまで戦ってきた強者達《たち》と比べてもずば抜けていた。

フフェイルベインと正面から戦って勝負になりそうなのは、血鉄鎖《けってつさ》旅団の黒仮面か、虹の王《プリズマー》の力を取り込んで異常な進化をしていそうなユアくらいだろうか。ユアの力は謎《なぞ》が多く、未知数な面も多いが。

「そして嬉《うれ》しいです。あの強大だったあなたを、こうして力で捻《ね》じ伏《ふ》せる事が出来るようになったのですから――ふふふっ」

イングリスはぐっと拳を握《にぎ》りつつ、可愛《かわい》らしい微笑《ほほえ》みを浮かべる。

前世のイングリス王には、とてもできると思えなかった事だ。

これは自分にしか分からない事だが、結構な偉業《いぎょう》だと思う。

今自分は明確に、実力において――前世のイングリス王を超《こ》えた。

この神竜フフェイルベインを真っ向叩き伏せることで、それを証明して見せたのだ。

自分にしか分からないが、これは喜ばしい事実だ。

まだ15歳《さい》でここまで到達《とうたつ》できたのだ。まだまだ老いて衰《おとろ》えるには早い。

もっともっと上を目指せる。

これに満足せず、まだまだ自らの武を突き詰《つ》めていこうと思う。

今回、身に付けたばかりの竜理力《ドラゴン・ロア》に頼《たよ》ってしまったので、次はこれを使わずに霊素《エーテル》の力のみでの勝利を目指してみようか、と思う。

イングリスに竜理力《ドラゴン・ロア》が無ければ、結果はもっと分からなかっただろう。

その点、イングリスにとっては運がよく、フフェイルベインにとっては運が悪かった。

神竜も驚いていたが、何故イングリスに竜理力《ドラゴン・ロア》が宿っているのか――考えられる理由は一つ。

それは、イングリスがフフェイルベインの肉を食べたからだ。

かつてのイングリス王の時代――『竜殺し』の伝説を耳にしたことがある。

曰《いわ》く、竜を殺した戦士にはその竜の超常的な力が宿る――と。

しかし実例を見た事は無かったので、半信半疑の噂話《うわさばなし》に過ぎないと思っていた。

そもそも竜を屠《ほふ》れる時点でその戦士は超人的《ちょうじんてき》な力を持っているわけで、見分けも付きにくいだろう――と。

しかしそれは、どうも事実だったようだ。

イングリスの身にフフェイルベインの竜理力《ドラゴン・ロア》が宿った事からも明らかだ。

フフェイルベインにとどめを刺したわけではないが、肉を切り取って食べた事が『竜殺し』に相当する行為《こうい》だったようだ。

そこは、伝説とは少々異なるが、元々が漠然《ばくぜん》とした話だから、そういうものなのだと納《なっ》得《とく》する他《ほか》ない。

そして、伝説との相違点《そういてん》はまだあり――どうやら、フフェイルベインの肉を食べた全員に竜理力《ドラゴン・ロア》が宿るわけではない。

イングリスには竜理力《ドラゴン・ロア》が宿ったが、ラフィニアやレオーネ達には変化はない。肉の摂取《せっしゅ》量《りょう》が問題の可能性もあったが、イングリスと互角《ごかく》の量を食べていたラフィニアにもその兆候は見られない。なので摂取量の可能性も低い。

要は伝説では竜を殺せば誰にでもその力が宿るように聞こえるが、そうではないということだ。神竜の竜理力《ドラゴン・ロア》との相性《あいしょう》があり、相性のいい者しか竜理力《ドラゴン・ロア》を身に付ける事は叶《かな》わない。

その相性の条件は不明だが、イングリスとしては新たな力は大歓迎《だいかんげい》だ。

もっと強く、遥《はる》かな高みを目指して行けるのだから。

この竜理力《ドラゴン・ロア》も訓練に訓練を重ねて使いこなし、自分のものにして見せる。

今はまだ、竜理力《ドラゴン・ロア》を操って出るのは神竜の幻影の手や尾だ。

これは明らかに、借り物の力が宿ったような状態に過ぎないと推測できる。

完全に竜理力《ドラゴン・ロア》を自分のものとして取り込んだのなら、自分の身体に沿って収束させた竜理力《ドラゴン・ロア》はイングリスの手や脚の形を模すはず。

そういった点では、まだまだだ。

霊素《エーテル》の扱《あつか》いもまだまだなのに、竜理力《ドラゴン・ロア》まで得られるとは嬉しい悲鳴を上げざるを得ない。

新たな力を使いこなすためにも、もっともっと訓練が必要だ。

幸い最高峰の手合わせ相手はここにいる。これから何度も、お相手願う事にしよう。

わざわざ遠い北のアルカードまでやって来た甲斐《かい》があるというものだ。

「クリスー！　大丈夫《だいじょうぶ》？　もう近づいていい⁉」

と、ラフィニアの声が上から降ってくる。

ラフィニア達は星のお姫様号《スター・プリンセス》ともう一機の機甲鳥《フライギア》に分乗し、あるものを運んで来ていた。

それは――かなり太く長大な鎖《くさり》のようなものだった。

船体にはとても乗り切らないので、端《はし》と端をそれぞれの機体に括《くく》って運んで来たのだ。

「うん。大丈夫だよラニ！　ありがとう、その鎖を下に落としてくれる？」

「おっけー！　行くわよ！」


ジャラララララッ！


音を立てて空から降ってくるそれを、イングリスはバシッと掴《つか》み取る。

硬い手触《てざわ》り。不揃《ふぞろ》いに尖った形状――歪《いびつ》な形の鎖だが、その強度は尋常ではない。

何故ならこれは――フフェイルベインの竜鱗を使って編んだ鎖だからだ。

イングリスが陣地《じんち》の外れで竜鱗の現地加工に挑戦《ちょうせん》し、出来上がったものだ。

こんな事もあろうかと――作っておいたのだ。

いくら神竜フフェイルベインといえども、自慢《じまん》の超強度の竜鱗で編んだ鎖はそう簡単に引き千切れないだろう。

彼《かれ》にはまだ食料供給も、手合わせ相手も務めてもらわねばならない。

しかし、だからと言って大人しくしているような性格でもない。

ならば――こうする他は無いだろう。

「済みませんが――少し大人しくしていて下さいね？」

イングリスは竜鱗の鎖で、フフェイルベインの身体をぐるぐる巻きにして行った。

そして、暫《しばら》くの後――

「今日は楽しかったです――どうもありがとうございました」

イングリスはまだ気を失っているフフェイルベインに、丁寧《ていねい》にぺこりと一礼する。

「いや、お礼だけは丁寧だけど、めちゃくちゃ荒《あら》っぽいわねこれは――」

「そ、そうね……ちょっと気の毒だわ――」

「で、ですわねえ――」

ラフィニア達は呆《あき》れたように声を上げる。

「そう？　大丈夫だよ。明日手合わせする時、わたしから謝《あやま》っておくから」

「またやる気かよ――駐屯地《ちゅうとんち》は巻き込まないでくれよ」

「お、お願いしますね、イングリスちゃん……！」

「うん。じゃあ戻《もど》ろうか。思いっきり戦ったらお腹《なか》も空いたし」

そして後に残ったのは――

竜鱗の鎖で簀《す》巻《ま》きにされた上、しっかりと尾《お》を切り取られ、食料調達された後のフフェイルベインが転がる姿だけだった。

その夜――恨《うら》めし気《げ》な唸《うな》り声《ごえ》が、一晩中野営地に鳴り響いていた。

第5章 15歳のイングリス 神竜と老王(元) その5

翌日――

「こんにちは。ご機嫌如何《きげんいかが》ですか？」

『貴様あああああぁぁぁぁぁぁぁぁぁッ！』

グオオオオオォォォォォォォオンッ！

イングリスが竜鱗の鎖による戒《いまし》めを緩《ゆる》めると、神竜は最大級の怒《いか》りの雄叫《おたけ》びを上げる。
巻き上がった突風《とっぷう》がイングリスの長い銀髪《ぎんぱつ》を揺らし、凄まじく強烈《きょうれつ》な殺気が身を貫《つらぬ》く。
ビリビリとひりつくような空気が、心地良《ここちよ》い。今日もいい戦いが期待できそうだ。

「お元気そうで何よりです。尻尾のほうももう復元していて、流石の回復力ですね？」

『それで機嫌《きげん》を取っているつもりか⁉ 貴様が我が竜理力《ドラゴン・ロア》を身に宿す理由が分かったわ！
我が眠《ねむ》っている間に同じように尾を切り取り、喰《く》らいおったな……⁉』

「さすがにお分かりですか――仰《おっしゃ》る通りです。決してあなたの竜理力《ドラゴン・ロア》を目的としたわけではありませんでしたが……そちらは想定外でした」

『何？　ならば何の目的でこのような所業を行った!?』

「それは、少々こちら側の事情がありまして……わけあってこの土地の周辺の人々は食料不足に陥《おちい》っているのです。彼らへの配給に丁度良かったもので――寝《ね》ている間に少々尻尾を拝借させて頂きました」

『余計に悪いわッ！　この神竜の肉をそこらの家畜《かちく》の肉と同等に扱いおったな……！　下《げ》賤《せん》な人間共の飢《う》えを凌《しの》ぐための施《ほどこ》しに使うなど……ッ！』

「いえそんな、そこらの家畜と同じなんてとんでもない。全然違《ちが》いましたよ？　それはもうとても――言葉では表し切れないくらいに美味《おい》しかったですから！」

『それに何の意味があるかあああぁぁぁぁっ！』

ドガアアアァァァァァアンッ！

怒りに任せたフフェイルベインの尾が地を撃ち、振動《しんどう》で一瞬《いっしゅん》イングリスの体が浮《う》く。

「美味しい事は素晴らしい事かと思うのですが？」

『黙《だま》れ――！　この神竜を虚仮《こけ》にしおって……！　このような屈辱《くつじょく》、我が長き生において他に無いわあぁぁぁぁぁッ！』

フフェイルベインは、首を大きく振り上げて――

ガチンッ！　ガチイイイインッ！

極寒《ごっかん》の竜の吐息《ドラゴン・ブレス》を巻き散らそうとしたのだろうが、口元は念入りに竜鱗の鎖で封《ふう》じており、それをまだ解いていない。

いくらフフェイルベインが力を込めようとも、そう音が鳴るだけだった。

『ぐぬうぅぅぅ――！　忌々《いまいま》しい……！　我が鱗であるがゆえに、我とて容易には引き千切れぬか――！』

「まあまあ、落ち着いて――長く生きていれば、その分色々な事がありますよ？　わたしもあなたに比べれば短いですが、人としては長い時を生きています。一度天寿《てんじゅ》も全《まっと》うさせて頂きましたし――転生をして、娘に生まれつくなど思いもよりませんでしたが、これはこれで楽しいものですよ？　あなたにも今起きていることに身を任せて、楽しんでみる事をお勧《すす》めしますが？」

『家畜のように肉を喰われ鱗を剥《は》がれ、何を楽しめというのか!? 世迷い事をッ！ 許さん、許さんぞ――！ 今度こそ貴様を叩《たた》き潰《つぶ》し、人間どもは全《すべ》て皆殺《みなごろ》しにしてくれる！ 二度とこの我に不遜《ふそん》な真似《まね》が出来ぬようになあぁぁぁッ！』

「そうですか――ではお相手させて頂きましょう。じっとしているよりも暴れる方が気も紛《まぎ》れるでしょうし、ね？」

『おおやらいでか――！ 昨日は不覚を取ったが、今日はそうはいかんぞ……！ もうそなたの手は割れているのだからな！』

「ふふふ――今日は接近戦を重点的に鍛《きた》えたいので、お口はそのままにさせて下さいね？ わたしも飛び道具は使いませんから――ちゃんと駄目になってもいい服に着替《きが》えてきましたし、思う存分格闘《かくとう》しましょう？」

『知ったことか！ くたばれえええぇぇぇぇいッ！』

「ありがとうございます――そんなに本気になって下さって。あなたとこうしていれば、わたしはもっともっと強くなれます――！ はあああぁぁぁあっ！」

ドゴオオオオオォォォンッ！

イングリスの拳と神竜の手が衝突し、巨大な衝突音《しょうとつおん》と衝撃をまき散らす。

ドガガガガッ！　ガガガガガガガガガガガガガガガッ！

巨大な威力《いりょく》のぶつかり合いの余波は、突風となって上空に待機する星のお姫様号《スター・プリンセス》や他の機甲鳥《フライギア》の船体を揺らす。

「きょ、今日は昨日以上に激しいですわね――！」

「クリスってば今日は汚《よご》れてもいい服で、思いっきり殴《なぐ》り合うって言ってたから……！」

「ほ、本当にその言葉通りね……！　目で追える速さじゃないけど、音と衝撃が凄《すご》いわ――！」

「相手の竜も滅茶苦茶《めちゃくちゃ》怒《おこ》ってたみたいだしな……！」

「ラティ、そんな事分かるんですか？」

「ん？　何となくで伝わるだろ？　怒り狂《くる》ってるぞ、あいつ――！」

「ま、まあ昨日あんな状態で放置したし、当然といえば当然よね……」

ラフィニアはうーんと唸る。

あの竜の事を考えれば気の毒ではあるのだが、こちらにはまだまだ住民に配る食料は必要だ。頼《たの》めば大人しく協力してくれるような相手ではなく、放っておけば人を襲《おそ》い喰らう存在だというのは、イングリスから聞いている。

なので、拘束《こうそく》しておくことは必要だっただろう。

ラフィニアとしても、イングリスのやり方を駄目とも言い切れない。任せるしかない。

「し、しかし——なんという凄《すさ》まじい戦いだ……あんな巨大な怪物《かいぶつ》を相手にして……！　これならば、あの凶悪《きようあく》な天恵武姫《ハイラル・メナス》ティファニエを撃退《げきたい》したというのも頷《うなず》ける——」

今日は願い出て戦いを見守りに来たルーインが、驚愕《きようがく》に目を見開いていた。

巨大な竜の尾を笑顔《えがお》で軽々運んでくる様子や、異常なまでに強固な竜鱗を素手《すで》で殴って加工している様子を見て、只者《ただもの》ではないことは分かっていたが——それでもなお度肝《どぎも》を抜《ぬ》かれた。

あの巨大な竜を、真っ向から拳一つで制圧していく力強さ。

文字通り目にも止まらぬ動きの速さ。

それでいて時折姿が見える際の動きは、流れるように美しく、優美で——

「人とはあのように強く美しく、戦えるものなのか——」

「まあ、クリスは特別ですけどね。天使の身体に武将の魂《たましい》が宿ってますから」

「ははは、本当にそうだな——彼女を見ていると、頷かざるを得ないな……」

ラフィニアの言葉にルーインは頷く。

「な？　言った通りだろ？　あいつに何とかできなきゃ、あの竜は誰にもどうにもできねえんだよ」

「ええラティ王子。し、しかし分かりません――何故あれほどの実力者が見習いの従騎士《じゅうきし》などという立場に……？　天恵武姫《ハイラル・メナス》をも上回るとなると、聖騎士やそれ以上の立場にあって然《しか》るべきかと――いや、カーラリアで不遇《ふぐう》なのは我が国にとっては救いかも知れません。要職をお約束して、アルカードに留《とど》まって頂くという手も考えられますから――」

「いや、無駄だぞ。あいつが従騎士なのは、あいつが従騎士でいたいからだ」

「は？」

「カーラリアのカーリアス国王もな、あいつを近衛騎士団長《このえきしだん》にしたいって言ったらしいんだよ――けどあいつ、あっさり断ったらしいからな。面倒《めんどう》くさいからって――」

「な、なんと……!?　わ、私には理解不能です……！　何故そんな……!?」

「出世せずにずっと前線に立ち続けて腕《うで》を磨《みが》きたいから――だからずっとあたしの従騎士でいるって言ってるんです。でもあたしは、将来はうちの兄さまと結婚《けっこん》して侯爵《こうしゃく》夫人になって欲《ほ》しいんだけど――」

そして本当の姉妹になって、イングリスはラファエルと、ラフィニアはまだ分からない素敵《すてき》な人と、一緒《いっしょ》に子供を産んで、育てて——母と叔母達《おばたち》のように、仲睦《なかむつ》まじい家族を紡《つむ》いで行く。それがラフィニアの思う理想の未来である。

と同時に世のため人のため、そして故郷ユミルのために騎士の務めも果たすつもりでいるから、どう両立していくかは考え所だ。

「な、なるほど……？」

「まあ、そういう事だからあいつを立場で釣《つ》るのは無理だぞ。基本、好きなようにさせるしかねえんだ。俺達《おれたち》にはどうする事も出来ねえ」

「ま、まるで台風か天変地異のような存在ですね——」

「ああ、そんな感じかもなあ。けどまあ、悪いやつじゃねえし——あの通り滅茶苦茶《めちゃくちゃ》美人だから何してても見栄《みば》えいいし、最終的にはお目付け役がいるからな。ラフィニアの言う事だけは聞くからさ。だから大丈夫だ」

「そ、そうですか——では彼女一人に辛《つら》い戦いを押《お》し付けているというような事は——」

「「「「ない。あれは、好きでやってる」」」」

ルーイン以外の全員が、そう口を揃《そろ》える。

「ははははは——そうですか……」

「とはいえ必要な事でもあるんだよな。まだ食料は必要だからな——」

「そうよね。だから止められないわよね――クリスはいつもうまい理由を持ってきて、自分の好きなようにやっちゃうから……」

ドゴオオオオオオオオオオオオオオオォォォォンッ！

その時、それまでで最大の轟音《ごうおん》が響き渡《わた》り――

ギャオオオオオオオオォォォォンッ！


同時に巨大な竜も悲鳴のような咆哮《ほうこう》を上げ、ばったりとその場に倒れ伏した。

そして――

「うん……！　今日も楽しかったなあ――ラニーー！　みんなーー！　もういいよ、今のうちに尻尾を切らせてもらおうよ～～♪」

イングリスは機嫌が良さそうな笑顔を浮かべて、地上から手を振《ふ》ってくる。

「あ、終わったみたい――よし、今日も食料調達ね！　行きましょ！」

イングリスがフフェイルベインと手合わせして気絶させ、その間に尾を切って食料調達をし、それを食料不足に喘《あえ》ぐ周辺の村や街に配る――そんな日々は暫く続いた。

◆◇◆

毎日フフェイルベインと本気の手合わせをし、お腹が空けばその肉を美味しく頂くという、イングリスにとっては理想の修行《しゅぎょう》の日々――

ある日突然《とつぜん》、その終わりはやって来た。

「こんにちは！　今日もよろしくお願いします」

ぺこりと一礼。

今日も楽しげに愛らしい笑顔を浮かべるイングリスは、その表情に似つかわしくない巨大な物体を携《たずさ》えていた。

それは少々歪だが刀剣《とうけん》の形をしており、大きさはイングリスの身《み》の丈《たけ》を超える程の規格外。薄青《うすあお》い鈍《にぶ》い輝《かがや》きは、フフェイルベインの竜鱗に独特のものだ。

フフェイルベインを拘束するための予備の鎖も大量に用意できたし、少し加工にも慣れてきたので、武器造りを試みてみたのだ。

例によって素手で殴りつけるのが基本の製法のため、刃《やいば》を研《と》ぎ澄《す》ますような細かいことは出来ていないが、神竜の鱗を使っているだけに、その強度は折り紙付きだろう。

イングリスが魔術《まじゅつ》で生み出す氷の剣《けん》は当然上回るだろうし、並の魔印武具《アーティファクト》など比較《ひかく》にならないはずだ。

ひょっとしたら、霊素《エーテル》を込めた全力戦闘《せんとう》にも耐《た》えうるかも知れない。

本当に神竜というのは、多大な恩恵《おんけい》をもたらしてくれる存在である。

新たなる力、それを磨く修行の相手、お腹が空いた時のとても美味しい食事、そして至高の武器までも——本当に足を向けて寝られない存在だ。

「ほら、見て下さい——！　あなたから頂いた竜鱗で、剣を造ってみたんです。それはもうとてつもない強度になったかと思います。今日はこれを使って手合わせをお願いしますね？」

これ以上ない試《ため》し切りの相手である。フフェイルベインの竜鱗で造った剣は、果たして生きた神竜の鱗を引き裂《さ》くことが出来るのか——自分の剣士《けんし》としての腕が、大いに試される事になるだろう。昨日までとはまた違った戦いに、わくわくせざるを得ない。

「霊素《エーテル》を全力で使っていると負荷《ふか》に耐えられず並の武具は壊れてしまいますから、ろくに扱える武器が無いのが悩《なや》みだったんです。これならきっとそれを解消してくれるはずですよ。あなたのおかげです、いつもありがとうございます」

丁寧にお礼を述べて、いざ実戦。竜鱗の大剣の実力や如何に――

目を輝かせるイングリスだが、それに対するフフェイルベインは淡白《たんぱく》だった。

『ふん……玩具《おもちゃ》を振り回したくば他所でやれ。我の知ったことではない』

そう言うとその場に寝そべって、丸まってしまう。

「え……!? ど、どうしました――? 昨日まではあんなに元気に殺気を漲《みなぎ》らせて、わたしを襲って下さっていたのに……!」

おかげでこれ以上ないくらい素晴《すば》らしい修行が出来ていたというのに――

『知るか。我はもうそなたの相手はせぬ』

「!? ま、待ってください……! お、お腹でも壊しましたか……? あ、逆にお腹が空き過ぎて力が出ませんか? 人間を食べさせてあげるわけには行きませんが、とっても美味しいお肉があるんですよ? お食べになりますか? 持ってきましょうか?」

『黙れ！ それは我の肉だろうがっ！ 共食いなどするかあぁッ！』

「で、ですがあなたに元気を出して頂いて、今日も手合わせをして頂かないといけませんし……一体どうしたというのですか？」

『我は無駄《むだ》な事はせぬ主義よ。遺憾《いかん》だが、今の我ではそなたには勝てん――それを悟った以上、戦いは無駄でしかないわ』

「な……⁉　竜《りゅう》の頂点を極《きわ》めた神竜が、そんな事でいいのですか⁉　王者の矜持《きょうじ》は、決してそんなに安いものではないはず――！」

『……………』

「実戦こそ最大の修行と言います。戦いの中で成長したあなたは、わたしを超えるかも知れない……！　その可能性は、誰にも否定できません！　ですからさあ、諦《あきら》めずにもう一度立ち上がって！　あなたならきっとやれるはずです……！」

『ふん。無駄だな。我も成長するかも知れんが、そなたの成長はそれ以上だ。戦えば戦う程《ほど》に、差は開いていく――その事が分からぬとは言わさぬぞ』

「…………」

『これを覆《くつがえ》すには――一つは我が劇的に強くなることだが、そんな奇蹟《きせき》は我が今すぐ神竜《しんりゅう》王《おう》にでも進化せぬ限り無理な話よ』

「おぉ……⁉　な、何ですかそれは⁉　神竜よりもさらに強い竜がいると……⁉　どうやったらなれるのですか？　今すぐになって下さい！」

『無茶《むちゃ》を言うな！　竜というものは、元来年を経れば経る程力を増すものだ――我が伝説の神竜王に為《な》る時が来たとしても、それは遥かな未来の話よ――これまで我が生きて来た全ての時よりも、更に何倍もの未来のな。無論、その時そなたは生きてはおるまい』

「……もう何度か転生しないと無理そうですね――また女神様《めがみ》にお会いしてお願いできれば……？　とはいえ、どこにおられるのか――」

　女神アリスティアの気配は、今のこの世界からはどこにも感じ取れないのである。

『もう一つ、そなたとの差を縮める方法がある』

「？」

『それは、そなたの衰えを待つという事だ。我にとって、人の一生などほんの泡沫《ほうまつ》の如《ごと》き一時に過ぎん。ゆえにこれ以上戦ってそなたを成長させることをせず、老いて衰えるのを待ち、そこを食い殺してくれる――我ら竜と人とでは、時間の尺度が違うのだ。そこを利用させてもらうとしよう』

「……！　そ、そんな――」

　フフェイルベインのその戦略は、はっきり言って有効だった。

　特にイングリスには――

　さすが神竜は頭脳のほうも並の化物とは違う。狡猾《こうかつ》でかつ現実的だ。

　そう出られるとすぐに対応策は思いつかず――

「う……!?　ああっ……!?　い、痛たたたた……！」

　イングリスは突然右腕《とつぜんみぎうで》の肘《ひじ》を押さえて、その場にうずくまる。

『……?』

「う、腕が――こ、これまでの戦いで相当負荷がかかっていたようです……これは折れているのかも――このままでは満足に戦えませんね……! い、今戦うのは危険かも知れません……!」

『………!』

「ああ、怖《こわ》いなあ――今襲われたら危険だなあ――食べられてしまうかも……」

『白々しい――見《み》え透《す》いた芝居《しばい》はよせ』

「ああああああ痛い痛い痛い痛い――!」

『黙れと言っている! 五月蠅《うるさ》いぞ!』

「うう……! そんな――いじわるです! ではわたしは誰と戦えばいいんですか!」

イングリスはとてもとても恨めしそうにフフェイルベインを睨《にら》みつける。

『知るか! そなた、本当にあの老王と同じ人間か……!? 口を開けば戦う事と食う事ばかり――まるで獣《けもの》ではないか! まだあの枯《か》れた老王の方が人として可愛げがあったぞ……!?』

「せっかく生まれ変わったこの人生――わたしは自分の欲に素直《すなお》に自由に生きているだけです! では本当に腕の骨が折れたら戦ってくれますか? そのためなら自分で折ってや

りますよ……！」

『そんな馬鹿《ばか》な真似をしても変わらぬわ！　いい加減にしろ！　ともかく、我はもうそなたとは戦わん――無抵抗《むていこう》な者を一方的に嬲《なぶ》り殺すような卑怯《ひきょう》な真似がしたくば、やるがいい。我《わ》が尾の肉が欲しければくれてやる。勝手に切って持っていくのだな』

言ってイングリスの目の前に、巨木《きょぼく》のような尾を横たえた。

完全に無抵抗の様子だ。

「………………」

そんな態度に出られては、流石《さすが》に尾を切り取るのも憚《はばか》られなくもないが――

いやだが、お腹は空くし折角《せっかく》作った剣の試し切りもしたいので、尻尾《しっぽ》は切るだけ切っておこうか――などと思っていると、頭上からラフィニアの声がした。

「クリスー！　どうしたのー!?　今日は戦わないの？」

いつまでたっても戦いが始まらないので、高度を下げて様子を見に来たらしい。

「ラニー―！　うん、ちょっと事情があって――」

「ねえ、大丈夫そうならもっと近づいて見てもいい？」

「あ、うん大丈夫だと思う――」

イングリスが応じると、ラフィニア達はゆっくりとイングリスの側に降下を始めた。

その間に、イングリスはフフェイルベインに向けて釘《くぎ》を刺《さ》しておく。

「あの黒髪《くろかみ》の子は、ラフィニアと言います。もしあの子を傷つけたら無抵抗だろうと有無《うむ》を言わさず抹殺《まっさつ》しますので——覚えておいてくださいね？」

『……ふん、一応は聞いたがな——』

フフェイルベインは身動きせずにそれだけ答える。

冷淡《れいたん》な態度だが——イングリスとの戦いをあえて避《さ》ける事によって、将来の逆転を狙《ねら》おうという計算高さを持つ相手だ。この警告は、ちゃんと守るはず。

もし破った時には、屈辱に耐えて実行しようとしている作戦が台無しになってしまうのだから。

「うわー……こうして間近で見ると、凄い迫力《はくりょく》よね——」

「ああ、怖いくらいだぜ……こうしてるだけでも震《ふる》えが来らあ」

降下してきたのは、ラフィニアとラティの二人だけだ。

今日は尻尾は自分で切るつもりだったので、レオーネ達は野営地での作業を続けている。

いつもの精肉や保存食作りに加えて、野営地を本格的に街化していくための復興作業も始まっており、ますます忙《いそが》しくなってきているのだ。

なので、尻尾を切った後の手当てを行うラフィニアにだけ来て貰《もら》うようにお願いした。

ラティも付近の集落への配給に出かける予定だったが、その準備を待つ時間が多少あったので、星のお姫様号《スター・プリンセス》の操舵手《そうだ》を買って出てくれていた。

「そう？　確かに迫力は凄いけど、大人しくしてればちょっと可愛い気もするけど？　魔石獣とはちょっと雰囲気《ふんいき》違《ちが》うわよね」

「よくそんな事思えるな――俺《おれ》は何か、近寄るだけで気分悪くなってくるぞ……」

「ほんと顔色悪いわね？　大丈夫？」

「あ、ああ――大丈夫だけどさ、さっさと用を済ませちまおうぜ……」

「そうね。で、クリス――何でこうなってるの？」

「いや、向こうが戦わないって言うから――尻尾が欲しければ切って持って行っていいって――」

「えっ……!?　それ本当!?」

「うん――で、ちょっと話し合いをしてたんだよ」

「何の話し合い？」

「いや、そんな事言わずに戦いましょうって――」

「いやいやいや――止めなさいよ、迷惑《めいわく》でしょ！　戦わずに尻尾をくれるって事は、あたし達《たち》の事を理解してくれて、困っている人のために協力してくれるって事でしょ？　クリスが説得して分かって貰ったのよね？　凄いじゃない、見直したわよ！」

「ああ、だったら助かるぜ――！　こいつが暴れ出して、野営地やあちこちの集落を襲う事は無いって事だよな……！」

「ん？　えーと……」

フフェイルベインが戦わないと言い出したのは、こちらの事情を理解して、協力してくれる気になったから――

性善説で物事を捉《とら》えるラフィニアとしては、そういう解釈《かいしゃく》になるようだ。

まあ確かに、長大な寿命《じゅみょう》を背景にイングリスの衰えを待つと共に、その間これ以上実力差が開かないように、最も有効な修行の機会――つまり実戦の機会を削《そ》ぐ。即《すなわ》ち、イングリスとは戦わない――

というような細かい策略にこの巨大《きょだい》な神竜が出ているのを想像するのは難しいだろう。

イングリスも驚《おどろ》いたし、困った。神竜はある意味理知的過ぎる。

もう少し本能的で、暴力的であった方がこちらとしては助かるのだが――

多少虹の雨《プリズムフロウ》でも浴びて、魔石獣のように本能的に人を襲うようになってくれれば助かるのだが――そうすればイングリスの老いを待つなどと言い出さず、姿を見れば襲ってくれるだろうに。

しかしそうなるとあの極上《ごくじょう》の肉の質は変わってしまうだろうか？

それはそれで困るが――

「ど、どうかなあ――そんな事は言ってなかったような……？」

『協力など、頼まれた覚えも無いがな――そなたは我に挑戦しては、叩き伏《ふ》せて縛《しば》り上げ、尾を勝手に切り落として奪《うば》っていくばかりだったが？』

「人聞きの悪いことを――」

とはいえ、あまり強く否定も出来ないのだが――

そもそも、このフフェイルベインがそんな願いをして、素直に協力してくれるはずもないと初めから交渉《こうしょう》は諦めていたという所はある。

「え……な、何か聞こえたぞ……!?」

ラティがそう声を上げた。

「何って、何が――？」

「いや、何か――何も頼まれてないみたいな事を……これ、あの竜の……!?　そっちは何も聞こえなかったのか……!?」

ラフィニアの問いに、ラティが応じる。

「何にも聞こえなかったわよ？」

「な、何で俺だけ……？　イングリスは聞こえるんだよな」

「う、うん――ラティにも聞こえるなんて……」

これは意外だったが――間違《まちが》いない。

ラティもフフェイルベインの肉を食べた事によって竜理力《ドラゴン・ロア》を身に付けつつあるのだ。

このフフェイルベインの声は、竜理力《ドラゴン・ロア》が無ければ聞こえないはずだから。

あるいは、向こうがこちらに聞き取れるように調整をした場合は聞こえるだろうが、ならばラフィニアにも聞き取れているはずだろう。

ラティのそれがイングリスのように、フフェイルベインのそれと遜色《そんしょく》ない程の力を発揮するのかは分からないが――ラティはイングリスとラフィニアとは違い、常人の食事量で竜理力《ドラゴン・ロア》の片鱗《へんりん》が垣間《かいま》見《み》えるあたり、相当に相性《あいしょう》が良いのだと思われる。ひょっとしたら、無印者であることと関係あるのだろうか？　たった一つの例では、確かな事は何も言えないが。

「ねえラティ、竜は何て言ってたの？」

「いやだから、お前はこっちを叩き伏せて縛り上げて尻尾を切って行くだけで、何も協力なんて頼まれてないって――」

「……クリスぅ？　ひょっとしてこの竜さんいい人で、前から嫌《いや》がってるのを無理やり戦わせたりしてないわよね……？」

「いやいやいや、それは違うよラニ――ちゃんと向こうからわたしを食べようとしてくれてたんだよ？　だから――」

『――実はそうなのだ。あの娘《むすめ》は嫌がる我を無理やり……』

「ん……⁉　『嫌がるのを無理やり』って言ってるぞ？」

「こら！　クリス！　何でウソつくのよ！　ダメでしょ……！」

ぎゅーっと耳を引っ張られる。

「いたいいたい――！　ちがうよ……！　向こうがウソを言ってるんだよ……！」

「えぇっ⁉」

「見損《みそこ》ないましたよ――！　神竜ともあろう者がそんな安いウソを……！」

『ふん。散々好き放題にしてくれた意趣《いしゅ》返しだ、そのくらい大目に見るのだな』

「いいえ見ませんっ！　この借りはわたしと全力の手合わせをして頂くことで返して貰いましょう――！」

『何度言えば分かる。我はそなたとは戦わぬ』

「むぅぅ……！　強情《ごうじょう》な――」

とその横で、ラティがラフィニアに話の内容を通訳している。

「イングリスの言う通り、向こうのウソだったらしい。で、今やっぱり戦わないってさ」

「そ、そうなんだ――まあまあ、クリス。とりあえず止めときなさいよ？　どっちにしろ尻尾は貰っていいんでしょ？　だったらお礼言って貰って帰ればいいじゃない。もしかしたら、これから仲良くできるかもしれないいんだし――」

「いや、神竜ってそんな気安いものじゃないって言うか――」

『ふざけた事を抜かす娘よ――何も無ければ食い殺してやる所なのだがな』

「……わたしの警告をお忘れなく。ラティ、今のは黙っておいて」

「あ、ああ――」

『ふん……』

とりあえず、今日は諦めてラフィニアの言う通り尻尾を切らせて貰う事にするしかなさそうだ。

「では先程《さきほど》のお言葉に甘《あま》えて、食料として――」

と言いかけた時――その場に飛来する人影《ひとかげ》があった。

背から生えた純白の翼《つばさ》は、魔印武具《アーティファクト》の奇蹟《ギフト》によるものだ。

「お待ちになって！　ラティさん、大変ですわよ！　今すぐ野営地に戻《もど》って下さい！」

リーゼロッテだ。かなり慌《あわ》てている様子で、息も切らせている。

相当必死で、全速力で飛んできたのが窺《うかが》える。どうも只事《ただごと》ではなさそうである。

「ん……!?　何かあったのか――!?」

「こちらに来られている住民の方達《たち》が、騒《さわ》ぎを起こしていますの……！　ルーインさん達が穏便《おんびん》に説得しようとなさっていますが、皆様怒《みなさまおこ》っていらして――ここはやはりラティさん、あなたから彼等《かれら》にお話をして差しあげるのが一番よいかと……！」

「ええぇっ!?　わ、分かったすぐ戻る……！　けど、なんでそんな事に……!?」

「――申し上げにくいのですが、プラムさんの事で……彼等はお兄様のハリムさんの事を忘れていませんから、その縁者《えんじゃ》が何故《なぜ》ここにいる、と……！」

「――！　だ、だから追い出せってか……!?」

「そ、それで済めば、まだ……」

リーゼロッテはそう口籠《くちごも》った。その様子で窺える――

「プラムを捕《つか》まえて、処刑《しょけい》しろって言ってるんだね？」

「……！　え、ええ――その通りですわ……」

リーゼロッテが辛そうに頷く。

だが、あり得ない話ではないだろう。

ここの所、野営地には周辺地域から人が次々に集まっており、単なるイングリス達とルーイン達生き残りの騎士《きし》達の活動拠点《きょてん》ではなくなって来ている。

復興の中心地として、野営地から新しいリックレアの街へと、姿を変えていく過程が始まろうとしていた。

集まって来た人々は、元々リックレアの生き残りの者もいれば、他《ほか》の街に住んでいたがティファニエの所業により家や財産を失い、他に行き場を無くした者もいるだろう。

事情は人それぞれだが——彼らに共通するのは、ティファニエの——ひいてはその片腕《かたうで》であったハリムの所業を目《ま》の当たりにして来たという事だ。

ティファニエはまだ天上領《ハイランド》からやって来た天恵武姫《ハイラル・メナス》だが、ハリムは元々この国の有力貴族の家柄《いえがら》だ。

それがあのような所業を行うのは、国に対する反乱、反逆行為《こうい》と見做《みな》されても仕方がない。そういう場合、その罪を一族郎党《ろうとう》に問う——というのも決して珍《めずら》しくはない事例である。直接被害《ひがい》を被《こうむ》った彼らの中に、そういう意見があるというのも頷けない話ではない。

ここに人が集まってくるのは、ラティの名声が高まりつつある証でもある。

だが、それはつまり多くの人々がここにいるプラムの姿を目の当たりにするという事にもなる。プラムは住民の感情を考えてあまり表に出ないようにしていたが、そうもいかなくなって来た——と言う事だ。

「くそっ……！　なんで急にそんな事に――！」

「ひどいわ……！　絶対止めなきゃ！」

「――いずれは向き合わなきゃいけない事だよ。ラティ、冷静にね」

「あ、ああ……！　分かってる――」

「それと、まだありますわ――騒ぎを先導しているのが、イアンさんでしたの――」

「な……!?　イアンが――!?」

「イアン君が……!?」

「……！　どういうつもりで――？」

リックレアへの進軍中にプラムを拉致《らち》してハリムの元へ連れ去ったイアンが、今姿を現して騒ぎを起こす理由――それはイングリスにも、すぐには分からなかった。

「とにかく、お急ぎになって！　早く野営地に戻りましょう！」

リーゼロッテの言う通りだった。

イングリス達は再びフフェイルベインを拘束し、すぐに野営地へと引き返す事にした。

野営地の中心部――

最初は、風雪を避けられる森の中の空き地に機甲親鳥《フライギアポート》を降ろして、その周りにテントを張って行っただけだったのだが、今は仮設だが大きめの家屋がいくつか立ち並び、ここに滞在《たいざい》する人々が寝泊《ねと》まりできるようになりつつある。

リックレアを開放したラティ王子の評判を聞き集まってくる人々が日に日に増えていることを考えれば、まだまだ足りないだろう。

が――その事も既《すで》に計算に入っており、相当数を収容可能な城を本格的に造るべく、その基礎《きそ》部分の工事も既に始まっていた。

それを可能とするだけの人数が、既にここに集まって来ている――と言う事だ。

その数は、百は下らない。数百人にはなるかも知れない。

そして彼等を食べさせていくための食料の備蓄《びちく》も、フフェイルベインの肉のおかげで充分《じゅうぶん》である。おそらく、数か月から一年くらいは持つだろう。

当座を凌《しの》ぐには十分であり、凌いでいる間に、ティファニエ達によって打撃《だげき》を受けた周辺地域の食料事情が元に戻っていく事だろう。

騒ぎが起きているのは、森から切り出した木を組んで作られた家屋のうちの一つ——イングリス達が寝泊まりに使用している家屋だった。

その周りを多数の人々が取り囲んでおり、怒気《どき》を孕《はら》んだ声を上げている。

その前にはラティ配下の騎士隊の面々が、壁《かべ》を作って立ち塞《ふさ》がり、内側にいる人物を守っていた。

その人物とは、無論プラムだ。

集まった人々の主張は、この地で無法を働き自分たちの暮らしを破壊《はかい》し尽《つ》くしたハリムの縁者であるプラムの存在は受け入れられない、というものだから。

そのプラムの側にはレオーネもいて、プラムを支えるように寄り添《そ》っていた。

「本当にごめんなさい。ごめんなさい……！　ごめんなさい——！」

プラムは涙目《なみだめ》で何度も深々と住民達に頭を下げ続けるが、それだけでは騒ぎは収束しそうになかった。

「口先だけなら何とでも言えるさ——！」

「そうだ！　俺達の暮らしを滅茶苦茶に破壊してくれたあのハリムの妹だぞ！　このまま

で済ませるなんて……！」

「ああ、責任を取らせるべきだ——！」

人々のやり場のない怒りや悲しみを乗せた声、視線——

自分が盾《たて》になって、それが無くなるわけではないけれど、せめて少しでも助けられるように――そう考えながら、レオーネはプラムを庇《かば》ってその前に立っていた。

今のプラムは、数年前の自分の姿と同じようなものだ。似た境遇《きょうぐう》に立たされた自分だからこそ、プラムの力になってあげたい――そう強く思える。

「プラム……！　このままじゃ危険よ、一旦《いったん》中に入りましょう――！」

「いいえ、私はこの人たちから逃《に》げちゃいけないと思います……！　お兄ちゃんのしたことは、私が謝《あやま》らないと――！」

「でも、プラム――本当にこのままじゃ……！」

集まった民衆が、暴徒と化しかねない。

そうなったら、こちらと衝突《しょうとつ》が起きてしまう。

それはこれからリックレアを復興する事で名声を高めていくはずのラティの評判を落とす事になるし、何より、家や家族を失い辛い思いをした彼らを、自分達の手で傷つけてしまう事になる。

そんな悲しい事はしたくない――彼等がどんな目に遭《あ》ってきたかは、リックレアに向かってくる途中《とちゅう》で見て来たのだ。

「皆《みな》、落ち着いてくれ……！　確かにプラム殿《どの》はハリムの妹だが、奴等《やつら》の行いに一切《いっさい》加担などしていない――！　それ所かリックレアを取り戻す戦いに参加して下さり、我々の命を救っても下さったのだ……！　ハリムの罪を彼女《かのじょ》に問うのは、本当に正しい行いなのか……!?　もう一度よく考えてくれ――！」

騎士隊を率いるルーインも、そう呼び掛《か》けてくれるのだが――

「大丈夫《だいじょうぶ》です――！　皆さんのこの行いは、決して間違ってなどいません……！　古来より、国に対して反旗を翻《ひるがえ》した者が現れた折、その責を一族郎党に問うてきた事例はいくらでもあります……！　それ程、ハリムの犯《おか》した罪は重いのです！　皆さんの心を支配する怒りや悲しみ――それを二度と起こさないためにも、厳しい処断は必要なのです！　それが第二、第三のハリムを生まぬ抑止《よくし》に繋《つな》がる！　未来のためにも、彼女は許されるべきではないのです……！　これは怒りに任せた暴発とは違《ちが》う……！　未来に向かうために必要な処置です――！」

それを言うのは、小柄《こがら》で美しい顔立ちをした少年――イアンだった。

「イアン君……！　どうしてそういう事を言うの!?　あなた、プラムの幼馴染《おさななじみ》でしょう!?

友達でしょう⁉　こんな時こそ助けてあげるのが、本当の――――！」

「僕《ぼく》はそうは思いません――――！　罪は罪だ……！　誰《だれ》かが償《つぐな》わなければいけません……！　それが友達だからと言って、手心を加えるなんてあってはならない……！　それを本当の友達でないというならば、僕はそれで構いません！　そちらこそ本当はハリムと繋がっていて、何か企《たくら》んでいると疑われても仕方ありませんよ……！」

「な――⁉　何を言っているの⁉　あなた……！　私達と一緒に行動していたんだから、そんな事ないって分かっているはずでしょう――⁉」

怒りでかっとなり、レオーネは思わず背負っていた黒い大剣の魔印武具《アーティファクト》の柄《つか》に手をかけていた。

それを見たプラムは慌ててレオーネにしがみついて止める。

「レオーネちゃん……！　お願いです、止めてください――！」

「気持ちは分かる……！　だが、冷静になってくれ――！　ここで民衆に手を出せば、ラティ王子の評判にも傷がつく――！　これからのリックレアの復興も危《あや》うくなりかねない……！　ここは堪《た》えてくれ……！」

「え、ええ……！　ごめんなさい、分かっているわ――」

レオーネが剣の柄から手を離《はな》そうとした時――

「甘いですね――！　どうしてこちらから、手出しをしないと思うんですか……⁉」

バチンッ！

音を立てて、イアンの両腕《りょううで》に添うように刃《やいば》がせり出す。

イアンの身体は、大半が機甲鳥《フライギア》のような機械化された身体。天上領《ハイランド》の技術によるものだ。

この程度、不思議ではない。

刃を露出《ろしゅつ》させたイアンは、民衆たちの前に壁を作る騎士《きし》隊の中心――ルーインへと突進《とっしん》する。

「さぁ――そこを退《ど》きなさい！」

「――っ⁉」

「止めなさいッ！　イアン君！」

ガキイイィィンッ！

レオーネの黒い大剣の刀身が伸《の》び、ルーインとイアンの間に割って入る。

イアンの刃は黒い刀身を叩《たた》き、ルーインには届かない。

間一髪《かんいっぱつ》のところで、間に合った。

刃を抜《ぬ》いて騎士相手に切りかかったイアンの行動に、その場に集まった民衆からも悲鳴が上がっていた。

「す、すまない……！　レオーネ君……！」

「ええ、間に合って良かった――下がってください、危険です！」

レオーネは刃の長さを戻しつつ、前に出てルーインとイアンの間の位置に立つ。

「皆さんも危険です！　遠くに離れて！」

民衆達《たち》にも呼び掛けると、イアンの行動に怯《おび》えた彼らの大半は、レオーネの言葉に従って離れていく。

中には勇気のある者もいて、その場に踏《ふ》み止《とど》まりイアンに意見を述べようとする。

「おいあんた――！　いきなりそこまでしなくてもいいだろ……!?　まだ俺《おれ》達は話し合いを続けるべき――」

「ふん――」

冷酷《れいこく》に鼻を鳴らしたイアンの、腕の刃がぐんと伸びる。

それは、イアンに意見した青年に届くには十分な長さとなり――

「五月蠅いですよ、黙《だま》っていて下さい」

右腕を振ると、刃が青年の身を切り裂こうと襲《おそ》い掛かる。

レオーネの剣はイアンの左腕の刃を組み止めており、すぐには反応できなかった。

「う……!?　うわぁぁぁっ――――!?」

「あぶないっ！　逃げて下さいっ！」

そう叫《さけ》んだのは、プラムだった。

青年の前に飛び出して、身を挺《てい》して彼を庇った。

イアンの刃は青年ではなく――――プラムの背を深々と斬《き》り付ける結果になった。

プラムはその場に倒《たお》れ伏《ふ》し、服の背が赤く染まって行く。

「プラム殿っ!?」

「プラム！　イアン君……！　何てことを――――！　自分が何をしたか分かっているの!?」

レオーネは渾身《こんしん》の力を込《こ》めて、イアンの身体を大剣《たいけん》の腹の部分で打った。

「ぐぅっ……!?」

イアンの身体が大きく弾《はじ》き飛ぶ。

距離《きょり》が開いた隙《すき》に、レオーネはプラムの元に駆《か》け寄った。

「プラム！　大丈夫――――!?」

「す、すまん、お、俺が……！」

狼狽《ろうばい》する様子の青年に、プラムは弱々しくだが、笑顔《えがお》を向ける。

「……大丈夫ですか？　私は平気ですから――離れいていて下さい、ね――」

「あ、ああ……！　本当にすいません……！　俺のせいで――！」

「プラム殿、何と言う無茶を――！　傷は深い――決して油断は出来ん……！」

「ルーインさん！　すぐ止血を！　もうすぐラフィニアも戻って来るから、それまでの辛《しん》抱《ぼう》よ！」

リーゼロッテがこの騒ぎの事を伝えに、ラティを呼び戻しに向かってくれている。イングリスとラフィニアも一緒《いっしょ》に戻ってくるはずだ。

プラムの傷は深そうだが、ラフィニアが戻ってくれれば、治癒《ちゆ》の力の奇蹟《ギフト》で助ける事が出来るはず――

「分かった、任せてくれ……！　そちらは、奴を――！」

「ええ、イアン君は私が止め……いえ、倒します！」

レオーネは大剣を握《にぎ》る両手に力を込めて、吹《ふ》き飛ばしたイアンに向けて構えを取る。

イアンは身を起こしてはいるが、まだ立ち上がらず、何やら両手で頭を押《お》さえる仕草を取っていた。何かに苦しんでいるように見える。

「そ、そうして下さい、レオーネさん……！　僕は嫌だ――プラムちゃんを、こんな事なんて……！　う、ううぅ……！」

「イアン君――!?」

「は、早く僕にとどめを刺してください――そうしないと、また……！　い、イーベル様の実験は、あの方の意識を、他の者に移して操《あやつ》るための……だから僕は――」

「イーベル……!?」

レオーネは直接の面識は無いが、その名は何度も耳にしている。

天上領《ハイランド》の軍の大幹部《かかんぶ》だ。既に血鉄鎖旅団《けってつさ》の黒仮面の手によって討《う》ち取られたらしいが、このアルカードに関わる天上領《ハイランド》の陰謀《いんぼう》の、中枢《ちゅうすう》にいたという存在だ。

あの天恵武姫《ハイラル・メナス》のティファニエの存在も、イーベルの代わりに過ぎないとの事だった。

「ど、どういう事なの――!?　あなたが途中でプラムを渫《さら》って姿を消したのも、そのイーベルのせいなの……!?」

「僕の中で目覚めた、イーベル様の意識が――あなた達をリックレアに向かわせるためにプラムちゃんを……！　そしてその間に、準備が整ったんです……！」

「準備……!?　何をするつもりなの――!?」

「そ、それは……う、ああぁぁぁ――」

「イアン君！」

ぴたり、とイアンの動きが止まる。

苦しむのが止まり、すっと立ち上がり――

「さあ――ね！　自分で考えたらどうですか！」

こちらに向けて翳《かざ》した掌《てのひら》から筒《つつ》のようなものがせり出し、そこから輝《かがや》く光弾《こうだん》が発射される。それも一発や二発ではなく、連続して。

「くっ――!?」

イアンの意識がまた乗っ取られたと言う事だろうか。

ともあれ、これは迎撃《げいげき》せねばならない。

避けても後ろのプラムやルーインに当たってしまう。

「やあああああぁぁぁっ！」

レオーネの剣捌《けんさば》きが、飛来する光弾を次々叩き潰《つぶ》して行く。

剣で触《ふ》れるたびに光弾は爆《は》ぜて腕に衝撃《しょうげき》を伝えて来るが、耐《た》えられない程の負荷《ふか》ではなかった。

このまま凌げる――隙を見て反撃《はんげき》を――！

そう思った矢先――

「ならば、これで！」

イアンがもう片方の手もこちらに突《つ》き出す。

そこにも同じように、発射口が見える。

ドドドドドドドドドドド――――ッ！

光弾の量が一気に二倍、弾幕《だんまく》と化してレオーネを襲う。

「……！」

剣捌きの速度を上げるが、圧される――――！

これでは防ぎ切れなくなる。一度決壊《けっかい》すれば、もう立て直せなくなる。

一気に押し切られ、後方のプラム達にも致命傷《ちめいしょう》になる。

――それは、させない！

「剣よ！」

レオーネは自分の体の前に剣を突き立て、刃《やいば》を長く太く伸長《しんちょう》させる。

身を完全に覆《おお》いつくすような面積を取らせ、プラム達も含《ふく》めて守る盾としたのだ。

守備的に振《ふ》り切った、奇蹟《ギフト》の利用法だ。

光の弾が連続して刀身を撃って来るが、その衝撃にもぐっと腰《こし》を落として踏ん張って耐える。まだまだ、耐えられない程《ほど》ではない。

このまま耐えているだけでも、ラフィニア達が戻ってくるまでの時間を稼《かせ》げる。

この拮抗《きっこう》は、決して悪い状況《じょうきょう》ではない——レオーネとしてはそう判断する。

向こうにもその意図は伝わったのか——

「守って時間稼ぎをするつもりですか——？　ならそんなもの、無駄《むだ》だという事を教えてあげますよ！」

その声は、かなり近くから聞こえた。

剣を巨大な盾とした分、イアンの姿もレオーネから見え辛《づら》くなる。

向こうは手を止めて、死角から一気にこちらに距離を詰《つ》めて来ていたのだ。

「——！　でも、接近戦なら——！」

「そういう事ではないんですよ！」

イアンが勝ち誇《ほこ》ったように言った瞬間《しゅんかん》——レオーネの視界が一瞬《いっしゅん》にして切り替《か》わった。

それまでの銀世界の集落から、何もない真っ暗な空間へ。

これは——

「……異空間⁉」

レオーネの黒い大剣の魔印武具《アーティファクト》にも、異空間を生み出す奇蹟《ギフト》の力が備わっている。だから慣れている。状況はすぐに飲《の》み込めた。

しかし、レオーネが普段《ふだん》奇蹟《ギフト》で操る異空間との相違点《そういてん》が一つ――

真っ暗な空間には、キラキラとした黄緑色の光の粒子《りゅうし》が漂《ただよ》っているのだ。

「あ……!?」

見覚えがある。そして見覚えがあるが故《ゆえ》に、背筋が寒くなった。

この粒子には、魔印武具《アーティファクト》を無力化する効果があるのだ。

以前、セオドア特使の先代の特使であるミュンテーの襲撃《しゅうげき》事件に居合わせた際、レオーネも体験したものだ。

これは本当に、魔印武具《アーティファクト》が全く機能しなくなるのだ。

レオーネのこの大剣も、何の変哲《へんてつ》も無いただの剣と化してしまう。

「こ、これは何だ……!?　一体――」

しかもプラムと、応急処置を施《ほどこ》そうとするルーインも巻き込まれてしまっている。

これでは、ラフィニアが戻って来ても、プラムを見つけられずにすぐに治療《ちりょう》が出来ないだろう。

「天上人《ハイランダー》の力です……！　この中だと、私達の魔印武具《アーティファクト》の力は封《ふう》じられて、使えなくなります――！」

「な、何だと……!?　だ、大丈夫なのか――!?」

「分かりません――！」

不味《まず》い。本当に不味い状況だと言える。

こちらは魔印武具《アーティファクト》の力に頼《たよ》らず、イアンを倒さねば、プラムもルーインも纏《まと》めて助からないという状況になってしまった。

イアンがこれを使う事が分かっていたなら、防御《ぼうぎょ》や時間稼ぎなど考えず、渾身の力で一気に仕留めにかかるべきだったが――それを後悔《こうかい》してももう遅《おそ》い。

「だけど、諦《あきら》めません！　こんな事で……！」

レオーネは剣を構えて、イアンに向き合う。

奇蹟《ギフト》が無効化されている分、剣はいつもよりずっしりと重い手応《てごた》えだ。

だが振れなくはない。ならば振る。

相手が魔石獣《ませきじゅう》なら魔印武具《アーティファクト》の力が通わない物理的な攻撃《こうげき》は一切通用しないが、イアンは魔石獣ではないのだ。

ここでレオーネが諦めてしまえば、自分だけでなくプラムやルーインの命運も尽きる。

そんな事はさせない。そしてレオーネ自身にも、こんな所で終われない理由がある。

国を裏切った兄レオンを自分の手で倒し、オルファー家が負う事になった汚名《おめい》を返上するのだ。そのために厳しい訓練を積んで来たのだ。目的を果たさずには、終われない。

それに何とか耐えていれば、もしかしたらイングリスならば、この異空間の存在に気が付いて救援《きゅうえん》に来てくれるかも知れない。それを信じて戦うだけだ——！

「えええぇいっ！」

レオーネの斬撃を、イアンは大きく飛びのいて回避《かいひ》する。

これが普段通りであればすぐに突《つ》きの刀身を伸ばして追撃《ついげき》するところだが、それは不可能。追撃は自分の足で距離を詰めねばならない。

そうするためにレオーネも駆け出すのだが、すぐさまその出鼻を押さえるようにイアンも動く。

「見苦しいですよ——この『封魔《ふうま》の檻《おり》』の中でのあなたは無力だ……！　さぁ先程と同じ攻撃！　これが受けられますか——!?」

イアンは右手を突き出し、掌から先程と同じ光弾を放つ。

「——っ！」

レオーネも先程と同じく剣の斬撃で弾を迎《むか》え撃つ——事はしなかった。

身を翻して、光弾の軌道《きどう》を避《さ》ける。後の隙を少なくするよう、可能な限りぎりぎりで。

今は先程と位置関係が変わっており、レオーネの背後にプラムやルーインがいるわけではないから、避けても大丈夫。

先程と同じ事をしては、魔印武具《アーティファクト》の力が封じられている分こちらが不利なのは明らかなのだ。

身を翻して光弾を回避したレオーネを新たな光弾が狙《ねら》うが、それもすかさず左右に動いて回避。流《なが》れ弾《だま》がプラム達《たち》に向かわないように気を付けながら、足を止めずに動き回る。

「なるほど──熱くなっているようで、冷静ですね……！」

冷静に、広く状況を見てその場その場の最善手を考えて実行する──

レオーネにはそういう面が必要だよ、とイングリスに言われたことがあるのを、先程は咄嗟《とっさ》に思い出した。

イングリスは毎日休み無く自主訓練をしているので、レオーネも時々一緒に訓練するのだが──ある時に言われたのだ。

自分が不利に陥《おちい》った時、負けないように踏ん張って我慢《がまん》しようとし過ぎるらしい。我慢強いのはいいのだが、それが逆に視野を狭《せば》める事もあり得る──との事だ。

イングリス程のずば抜けた達人がそう言うのなら、そうなのだろう。

今も最初は、歯を食いしばって光弾を迎撃したい衝動《しょうどう》にかられた。

イングリスの言葉が頭をよぎったから、思い直して回避する事を選択《せんたく》できたのだ。

駆け回って光弾を避け続けるレオーネに、イアンは一つ舌打ちをして見せる。

「そうして逃げ回って、仲間の助けを待つつもりですか……ですが！」

ぴたり、とイアンの掌の発射口がレオーネの後を追うのを止める。

そして――動けないプラムとルーインのほうを向いた。

「――！」

「……これで、どうです？」

「止めなさい！　卑怯《ひきよう》よ！　あなたの相手は私のはずでしょう⁉」

「ええ、ですから――これを強くあちらに放てば、優《やさ》しいあなたは二人を見捨てられず身を挺して弾を止めようとして――結果的に攻撃を受けてくれるでしょう？　こちらのほうが早いですよね？　これは卑怯ではなく、臨機応変に考えた結果の最善手です」

「く……！」

ならば、この場のこちらの最善手は――？

思いつく前に、イアンが動く。

ゴゴゴゴゴゴ……！

発射口が震《ふる》えるように唸《うな》りを上げて、先程よりも数倍大きな光弾が形成される。

どうやら力を溜《た》めて、威力《いりょく》を高めるような使い方も出来るようだ。

「さあ——このままではプラムちゃん達が大変ですから、助けてあげて下さいね？」

イアンは微笑《びしょう》を浮《う》かべて、数倍の大きさの光弾をプラム達に解き放つ。

その時、レオーネは既に光弾の軌道上に割《わ》り込むように駆け出していた。

「ルーインさん！　あなただけでも避けてッ！」

そう呼び掛けながら、剣を振り上げる。

この一刻を争う緊急時《きんきゅう》だからか、腕に重みは感じない。火事場の馬鹿力《ばかぢから》というやつだ。

この場の最適解は、レオーネには分からない。だが、どうするべきかは分かっている。

魔印武具《アーティファクト》の力が封じられている今、この剣では大きな光弾を斬ったり弾《はじ》き飛ばす事は出来ないだろう。

だがそれでも——プラムを見捨てる事など出来はしない！

「でええええええいっ！」

渾身の力を腕に込めて、光弾へと斬撃を叩き付ける。

その結果——

バシュウウウウゥゥゥンッ！

光弾は大した手応えも残さずに真っ二つに割れて、大きな音を立てて消滅《しょうめつ》した。

「え――？　う、嘘《うそ》……!?」

思わず口からそう漏《も》れた。

目の前の状況に一番驚《おどろ》いたのは、レオーネ自身だ。

魔印武具《アーティファクト》の力は封じられ、相手の光弾は先程よりも強力。

これで、先程よりも簡単に斬れてしまうはずがない。

剣が弾かれて、自分の身に直撃《ちょくげき》を受ける事を覚悟《かくご》していたのに――

これは、どう考えてもおかしい。あり得ない事だ。

「何いぃぃぃッ!?」

イアンも目を丸くしていた。

だが、レオーネの驚きはこれでは終わらない。

強く、裂帛《れっぱく》の気合を込めて振った剣の軌道。それは、黒い空間に半透明《はんとうめい》の白い轍《てつ》を残していて――むくむくと増殖《ぞうしょく》して形を変えて、大きな竜《りゅう》の顎《あぎと》になった。

「こ、これは……!?　あの竜の――た、確か幻影竜《げんえいりゅう》……っ!?」

全く理解が追い付かないのだが、レオーネが剣を振り下ろしたら幻影竜が出た。

何故かは分からないが、目の前の現象はそうとしか言いようがない。

そして地面を叩いた剣の切っ先──それも変形し、竜の顎を象《かたど》ったような複雑な形状に変化していた。

この剣の形状変化が、光弾を斬り捨てる威力を発揮し幻影竜まで生んで見せたのだろうか？　ともあれ、レオーネが生み出した幻影竜──それは、フフェイルベインに近づこうとした際に見たそれと全く同じだった。つまり、敵に対しては唸りを上げて牙《きば》を剥《む》き、襲い掛かるのだ。


グオオオオオオォォォォンッ！


猛然《もうぜん》とイアンに突っ込んだ幻影竜は、光弾を放った右手を中心に彼の半身を喰《く》い千切って見せた。そして満足したのか、ふっと歪《ゆが》みながら姿が薄《うす》くなって、消滅して行った。

「な……!?　なんだ、これは──!?　こんな……!?」

半身を喰い千切られたイアンは立っていられず、その場に崩《くず》れ落ちる。

殆《ほとん》どが機甲鳥《フライギア》のような機械化された身体であるため、致命傷ではないだろうが、この損傷では動けないだろう。

「や、やったぞ……！　魔印武具《アーティファクト》の力を封じるというのは、不完全だったんだな――！」

「い、いえ……！　魔印武具《アーティファクト》の力自体は封じられたままだと思います――！　これは何か、別の力が……！」

レオーネがそう応じているうちに、ふっと周囲の景色が変わり、元の銀世界の集落の光景が戻《もど》って来た。今の一撃《いちげき》で、イアンの力の発生源を破壊することが出来たのだろう。

「「レオーネ！」」

上の方から、名前を呼ぶ声。丁度イングリス達が戻ってきてくれたのだ。

イングリス、ラフィニア、ラティは星のお姫様号《スター・プリンセス》に。

リーゼロッテは奇蹟《ギフト》の翼《つばさ》で飛行している。

「みんな――良かった！　ラフィニア！　プラムが大変なの、すぐに診《み》てあげて！」

「えっ……!?　プラムが――!?」

「な、何があったんだよ――!?」

「ラティ王子！　プラム殿は民衆を庇われて、あの者の刃を受けられたのです……！」

「イアンが……!?　な、何でだよ……!?　何でそんな――!?」

ラティは半身を失って転がるイアンの方に、心底驚いたような視線を向ける。

「詳《くわ》しくは後程《のちほど》――！　ともあれ早く治療をせねば、このままでは命に関わりかねません

――――！」

「わ、分かったわ！　あたしに任せて！　ほら、ラティも！」

「ああ……！」

ラフィニアとラティは血相を変えて星のお姫様号《スター・プリンセス》を飛び降り、プラムの元に向かう。

イングリスやリーゼロッテにレオーネも続いて集まり、輪になった。

「あ、ラティ――ごめんなさい、迷惑《めいわく》かけて……こんな事だから、いっつもどん臭《くさ》いって言われちゃうんですね、私――」

ラティの姿を見たプラムは、青ざめた顔をしながらも、健気《けなげ》に笑《え》みを浮かべて見せる。

「馬鹿《ばか》、そんな事言ってる場合か！　す、済まねえ……俺《おれ》がもっとしっかりしてれば、こんな事には……！　もっと早く、はっきりしてれば……！」

声を震わせているラティの背中を、バシッ！　とラフィニアが叩く。

「くよくよしない！　大丈夫よ、あたしが絶対助けてあげるから！　ほら、それよりプラムの手を握っててあげなさい！　安心出来たら、きっと怪我《けが》の治りも良くなるわ！」

「あ、ああ――プラムを頼《たの》む……！」

ラフィニアは奇蹟《ギフト》を発動し、掌に治癒の力の光を集める。

「うん！」

その様子を見ながら――イングリスは思う。

ずいぶんこちらの奇蹟《ギフト》にも慣れて来たのか、光の収束の速さもその輝きの強さも、最初より数段上になっているように思う。

今では奇蹟《ギフト》の力を組み合わせて治癒の効果を発揮する光の矢を射《う》つような技術も身に付けているし、ラフィニアの進歩は目覚ましい。

きっとプラムを助けて見せるだろう。

プラムの治療は、任せておいて大丈夫――イングリスはレオーネと、倒れているイアンに注意を向ける。

「レオーネは大丈夫？」

「怪我はありませんの？」

イングリスとリーゼロッテの問いに、レオーネは頷《うなず》く。

「ええ、何とか――天上人《ハイランダー》の『封魔の檻』に引きずり込まれた時は焦ったけれど――ね」

「……！　よく無事だったね――」

「それって、魔印武具《アーティファクト》の力を封じてしまうものですわよね？　本当にイングリスさんの言う通り、よく無事でしたわね――」

「私にもよく分からないけど……何だか剣が変になって、それで――切れ味も普段より凄《すご》いし、形も変わって……」
レオーネが剣先《けんさき》を指差すと、確かに形状が竜の顎を象ったような複雑なものになってい
た。
「ん……これは――？」
「それに、さっき剣を思い切り振ったら、剣から幻影竜が出て――」
「ええぇえっ!?　ど、どういう事です、それは――!?」
「きっとフフェイルベインの竜理力《ドラゴン・ロア》がその剣に宿ったんだね――それで、その影響《えいきょう》で形ま
で変わったんだよ。竜理力《ドラゴン・ロア》は魔印武具《アーティファクト》の魔素《マナ》の力とは別物だから、『封魔の檻』の効果も
無くて、力が封じられなかったんだよ」
「竜の力――竜理力《ドラゴン・ロア》……？　どうしてそれが私の剣に？」
「沢山《たくさん》肉を切ってたでしょ？　竜を沢山斬《き》ったから、竜の力が宿ったって事だよ」
レオーネはこれを肉切り包丁代わりにして、毎日何時間もフフェイルベインの肉を切り
出す作業を行っていた。
それは地味な上に重労働だが、周囲の集落に肉を届けるためは必要な行為《こうい》だった。
人々のためになる、重労働――真面目《まじめ》なレオーネがそこに手を抜くはずが無く、毎日汗《あせ》
だくになりながらも、文句の一つも言わずに続けていた。

この結果は、レオーネの頑張《がんば》りへのご褒美《ほうび》ともいえるだろうか。

「——そういうものなの？」

「……そうみたいだね。わたしも実際には初めて見るけど——ね？」

イングリスの場合はイングリスの肉体に竜理力《ドラゴン・ロア》が宿ったし、恐《おそ》らくラティもそうなのだが、レオーネの場合は本人ではなく、黒い大剣の魔印武具《アーティファクト》の方に宿ったようだ。

神が自分の力を人に宿せば神騎士《ディバインナイト》になるし、剣に込めれば聖剣《せいけん》となる。そして神を切り殺した剣は魔剣《まけん》や邪剣《じゃけん》の類となる——と言われる。

竜もこれと比較《ひかく》すると、似たようなものかもしれない。

やはり竜は神に近しい存在——と言えるだろう。

「……おかげで助かったんだから、文句はないわ。感謝しないと——ね」

「うんうん。強くなるのはいい事だよ？　今度一緒《いっしょ》に訓練する時に使ってね？　体験してみたいから——ね？　ね？」

「え、ええ——いいけど……ははは、そんなに目を輝かせないでよ」

「そ、それはそうと——イアンさん、あの方はどうしてこんな事を……？」

リーゼロッテが当然の疑問を口にする。

「そうだ……！　イアン君は多分、操られて——確かな事は分からないけど、途中で苦しみ出して、イーベル様の意識がって言ってたわ……！　リックレアに向かう途中で、プラムを浚ったのもそのせいみたいで――何かの準備が整ったって言ってたわ……！　詳しい事は、分からないけど――」

「イーベル様の意識――⁉　準備……？」

「な、何か穏《おだ》やかならぬ響《ひび》きですわね――」

「そうだね。ふふふ――大変だね……」

イングリスの表情が思わず緩《ゆる》む。

イーベル。企み。準備――導き出される結論は、碌《ろく》なことは起こらない、だ。

あくまで一般論《いっぱんろん》としては――だ。イングリスとしては、新たな手合わせ相手が現れてくれる可能性に期待をしたくなる話だ。それゆえ少々、楽しみになってしまったのだ。

「こ、こちらも穏やかならぬ笑顔ですわねえ――」

「ま、まあいつものイングリスだから……それよりイアン君は、苦しみ出して早くとどめを刺《さ》してくれって言ってたわ――でも、出来なくて……また襲って来たから、戦って、こうなってしまって――」

レオーネは少し俯《うつむ》いてそう言った。

「き、気にする必要なんてありません……僕を止めて下さってありがとうございます――

これ以上友達を……プラムちゃんを傷つけるなんて、御免《ごめん》でしたから――」

「イアン君――！」

「近づかないで下さい……！　いつあの方の意識が僕を自爆《じばく》させるか分かりません――僕はもう用済みですから……！　すべての準備は整って――後は、騒《さわ》ぎを起こしてほんの僅《わず》かな時間でも、皆さんの注意を引き付けておくために……だから、理由なんて何でも良かったんです――決して真に受けないようにして下さい。傷つく必要なんてありませんから――」

「……イアンさん、準備とは？　イーベル様は何をお考えに……？」

イングリスの問いに、イアンはこちらに視線を向けて来る。

その眼差《まなざ》しは冷たく鋭《するど》く――イアンのそれではない雰囲気《ふんいき》だ。

この冷たさと傲慢《ごうまん》さは、イーベルのものに間違《まち》いないだろう。

「――もうじき分かる……！　イングリス……！　お前のような奴《やつ》にはきっと喜んで貰《もら》えるだろうさ！　だから邪魔《じゃま》せず大人しく見ていろ！」

「――では、そうさせて頂きましょう」

ただし、ラフィニアがダメと言わなければ――だが。

自分は武を極《きわ》めるために、正義にも悪にも拘《かかわ》らず強敵と戦って腕を磨《みが》き続ける事を望むが、ラフィニアの意向だけは無視しない。いや、むしろ最優先する。

可愛《かわい》いラフィニアが一人前に成長して行く過程を見守り続けるのも、イングリス・ユークスとしての人生の、もう一つの大きな柱なのである。

「さあ――こんなお喋《しゃべ》りな玩具《おもちゃ》はもういらない……！　始末させてもらおう――！　余りいくつも残しておくのは趣味《しゅみ》では無いんでね――！」

カッ――！

イアンの身体が激しく輝きを帯び、それがあっという間に膨《ふく》れ上がって行く。

「――近づかないで！　離れて下さい――！」

イングリスは、周囲に向けて警告をする。

先程《さきほど》イアンが言っていた通りの事が起きようとしているのだ、近づくと怪我をする。

「……全《すべ》ては、初めから仕組まれていたこと――だから僕《ぼく》は、本当はリックレアの街と運命を共にするべきだったんです……それからの僕の全ては、過《あやま》ちでした……今、ようやく――最後にここに戻ってこれてよかった……イングリスさん、皆《みな》さん。後は頼みます……ラティ君や、プラムちゃんと、この国を――」

イアンは穏やかな口調に戻り、最後に微笑《ほほえ》みを浮かべて見せる。

「ええ――」

「イアン君――」

「イアンさん……！」

「イアン――！　何が起こるか分からねえけど……！　必ずリックレアを前みたいな街に戻してやる！　だから――だから……！」

プラムについているラティも見かねて、そう声を上げていた。

「はい、ラティ君――楽しみにしていますね――」


ドガアアァァァァァァンッ！


光が弾けて爆発《ばくはつ》を起こし、大音声《だいおんじょう》と煙《けむり》を立てる。

皆が眩《まぶ》しさに目を閉じて――そして再び開いた時、イアンの姿はもう跡形《あとかた》も無かった。

燻《くすぶ》って焼け焦《こ》げたようになっている地面。

そこにパラパラと降って来る、巻き上げられた機械の部品の欠片《かけら》――それだけだった。

「イアーーーーーンッ！」

親友を失ったラティの、悲痛な叫びが響く。

「くっ……！　イアン君……！」

「天上人《ハイランダー》にとっては、わたくし達は――」

レオーネは唇《くちびる》を噛《か》み、リーゼロッテは目を伏《ふ》せる。

「……許せない――！　歪んだ性格は死んでも直らないって事よね……！」

ラフィニアが怒《いか》りに目を爛々《らんらん》とさせて立ち上がる。

「ラニ――プラムはもう大丈夫《だいじょうぶ》なの？」

「うん。何か凄い調子が良かったみたい――思ったよりずっと早く治せたわ」

それも竜理力《ドラゴン・ロア》の影響――かも知れない。

イングリスと互角《ごかく》の量の竜肉を食べたラフィニアなら、影響が出る事は全く不思議ではない。先程フフェイルベインの声は聞き取れていなかったようなので、今急に力に目覚めたのか、竜理力《ドラゴン・ロア》がフフェイルベインの声を聴《き》く方向に働かなかったのか――それは良く分からないが。

「プラムはもう大丈夫――体力を消耗《しょうもう》して、眠《ねむ》っちゃってるけどね。さあラティ、プラムを部屋の中に運んで、寝《ね》かせてあげて。こんな所じゃ風邪《かぜ》引いちゃうから」

「分かった――！　本当にありがとうな、感謝するぜ――！」

「王子、私も手伝います――！」

「ああルーイン、頼む――！」

ラティとルーインは協力して、プラムを建物の中へと運んで行く。

「さあ、イアン君の敵討《かたきう》ちに行くわよ、クリス――！　イーベルは何処《どこ》⁉」

「……まだ、分からないよ。でも多分現れるのは――あっちだと思う」

と、イングリスは自分達が戻ってきた方向――つまり、フフェイルベインが鎮座《ちんざ》しているリックレアの街跡《あと》の窪地《くぼち》のほうを指差した。

イーベルの後釜《あとがま》としてこの国にやって来た天恵武姫《ハイラル・メナス》のティファニエは、リックレアの土地を『浮遊魔法陣《ふゆうまほうじん》』によって奪《うば》い去るのは、イーベルから引き継《つ》いだ作戦だと言っていた。

彼女自身《かのじょ》は、その土地の地下に神竜フフェイルベインが封印《ふういん》されている事までは知らなかった様子だった。イーベルとは折り合いが良くないような話をしていたので、深くは聞かされていなかったのだろう。

そもそもの作戦の立案者であるイーベルは、フフェイルベインが眠っている事は恐らく知っていただろう。たまたま天上領《ハイランド》の領土にしようと狙いを定めた土地に、たまたま神竜が埋《う》まっているなど偶然《ぐうぜん》にしては出来過ぎている。

知っていたと考える方が自然だ。

となると、その狙いは勿論《もちろん》神竜フフェイルベインだという事になる。

そうなれば、姿を見せるのは神竜の目の前――という事になるだろう。単純な推測だ。

「きっと神竜に――フフェイルベインに何かしようとしているんだと思う」

「えぇっ⁉　ダメじゃない、そんなの……！　せっかくあたし達の事分かって貰えそうだったのに――！　何かあったら、美味《おい》しいお肉も貰えなくなっちゃう！」

「まあ、ある程度備蓄《びちく》は出来て来たけど――ね。それより――」

イングリスとしては、フフェイルベインがこちらへの戦意を喪失《そうしつ》してしまったのが由々《ゆゆ》しき問題である。イーベルと手を組んで、これなら勝てると思い直して、一緒になって襲《おそ》い掛《か》かって来て頂けるとありがたい。

フフェイルベイン程ではなくとも、イーベルも相当な実力者だ。その可能性は無くはない。一度亡《な》くなったはずのイーベルが、今どういう状態なのかは分からないが。

「それより？」

「あ、いや……うーん――」

このままイーベルの好きにさせるのも一興――という気もしなくもない。

「ちょっとクリス？　暫《しばら》くほっといた方が強い敵が出て来るかも♪　とか思ってるんじゃないでしょうね……？」

「え……⁉　いやいや、そんな事ないよ？　ただほら、今後の事を考えたら、相手の手の内は全部見て、ラファ兄さまやセオドア特使に報告すれば助かるだろうし――ね？　だから、ちょっと何をするつもりか泳がせて見てみない？」

「ダメ！　クリスはそんなふうに余裕《よゆう》見せて、王立大劇場を爆発させたばっかりでしょ！　今後の事より、今の事よ。イアンくんのためにも、これ以上リックレアでひどい事はさせない！　イーベルの企《たくら》みを潰すのよ！　さあ、急ぐわよ！」

ラフィニアはイングリスの手を握《にぎ》って引っ張る。

そう言われれば、イングリスとしては断れない。

従騎士《じゅうきし》という立場からも、可愛いラフィニアの頼みだという心情からも。

「うん。わかった――」

イングリスとラフィニアは、再び星のお姫様号《スター・プリンセス》に乗り込《こ》む。

無論レオーネもそれに続き、リーゼロッテは直接は乗り込まず、奇蹟《ギフト》の翼で宙に舞《ま》い上がった。そして星のお姫様号《スター・プリンセス》が高く浮き上がると、その船体の縁《ふち》を手で掴《つか》んで随行《ずいこう》する構えだ。

「急ぐわよ！」

操縦桿《そうじゅうかん》を握るラフィニアが機甲鳥《フライギア》を発進させた直後――

ズズズズズズズ――――！

大きな地鳴りが発生し、周辺の森や雪が震え始める。

その発生源は、イングリスが指摘《してき》したようにフフェイルベインが鎮座する位置の近くだった。地面にひび割れが発生し、それがどんどん広がっているのだ。

「な、何――!?」

「地下に何かがいるの……!?」

「――分からないけど、大きそうだね……！」

「急ぎませんと――」

しかし――


グオオオオオォォォォッ！


イングリス達《たち》の行く手を阻《はば》むように、白い半透明の竜頭《りゅうず》の群れ――

「――幻影竜《げんえいりゅう》！」

「こんな時に、邪魔ね……！」

「わたくしが、進路をこじ開けますわ！　皆さんは止まらずに先に！」

リーゼロッテは船体を蹴《け》るようにして反動をつけ、その勢いを利用して前へ突出《とつしゅつ》する。

「やあぁぁぁぁあっ！」

突き出された斧槍《ハルバード》は、仄《ほの》かに青白い輝《かがや》きを帯びていて――

ブオオオオォォッ！

冷たく輝く猛烈《もうれつ》な吹雪《ふぶき》が発生し、それが幻影竜達を飲み込んだ。

一撃で凍《こお》り付いた幻影竜達は、パキパキと音を立てて崩れ落ちて行く。

「な……何ですの――!?　これは――!?」

驚きながらも、リーゼロッテは横を通り抜《ぬ》けていく星のお姫様号《スター・プリンセス》の船体の縁をしっかり掴む。

「リーゼロッテも一緒《いっしょ》なんだわ……！　これも竜理力《ドラゴン・ロア》――！　そうよね、イングリス――？」

「うん、そうだね――」

見ると、リーゼロッテの斧槍《ハルバード》の斧頭《ふとう》も一部が竜の顎のような変形を遂《と》げている。レオーネの黒い大剣《たいけん》の魔印武具《アーティファクト》と同様の変化だ。

こちらの場合、幻影竜を生むのではなく竜の吐息《ドラゴン・ブレス》に似た現象を引き起こしているようだ。

「リーゼロッテも私と同じ位、それで竜の肉を切っていたから――！」

「な、なるほど――騎士の誇りである魔印武具《アーティファクト》を肉切り包丁になんて――と思わなくも無かったですが、頑張って良かったですわ……！」

リーゼロッテは嬉《うれ》しそうに、新たな力を得た斧槍《ハルバード》の魔印武具《アーティファクト》に頰《ほお》を寄せる。

「二人とも、いいなあ――！　あたしの魔印武具《アーティファクト》も強くしたかったなぁ……！　弓じゃお肉なんて切れないんだもん！」

「ラフィニアさんは、セオドア特使が用意して下さった治癒《ちゆ》の奇蹟《ギフト》がおありでしょう？　どんどん進歩なされていますから――わたくし、置いて行かれないか心配していましたのよ？」

「でも、それ言ったらレオーネはセオドア特使から異空間に渡《わた》る奇蹟《ギフト》も貰ってるし、竜のお肉の力も貰ってるし、追加で二つもずるいわよ――！」

「え？　い、いや私なんてまだまだ――」

「ふふふっ。大丈夫、みんな頑張ってるし、進歩してるよ？」

三人は上級印と、それに見合う上級魔印武具《アーティファクト》を持つ騎士の卵達だ。将来は数多くの部隊を率いる、上級騎士になって行く事だろう。

だが個々の戦闘《せんとう》能力で言うなら、既《すで》に上級騎士の中でも上位の水準に至っているのではないかと思う。

いずれ、天恵武姫《ハイラル・メナス》さえ使わなければ聖騎士にも匹敵《ひってき》する——というような水準にまで至るかも知れない。

そうなれば素晴《すば》らしい事だ。訓練相手として申し分ない。ぜひ頑張って欲《ほ》しい。

「頑張ってもっと強くなって、一緒に訓練しようね？　ふふふ——」

「か、可愛いんだけど可愛くないわね～。どんな恐ろしい訓練をさせるつもりよ——」

「そ、そうね——お手柔《てやわ》らかにね……」

「常人に付いていくのは大変ですからね——機甲鳥《フライギア》を背負って走り込みなんて、出来ませんし……」

と——

ズゴゴゴゴゴゴ——————ッ！

一際《ひときわ》大きな地鳴りが響き渡る。

フフェイルベインの側の、ひび割れつつあった地面。

それが決定的に崩壊《ほうかい》をはじめ、中から巨大《きょだい》な影《かげ》がせり上がって来た。

「……！　何か来る――」

「な、何あれ――!?　大きい――！」

ラフィニアの言う通り、それはフフェイルベインにも匹敵する程《ほど》の巨体《きょたい》だった。

「竜に似てる……!?　で、でも――あれは……！」

レオーネの言う通り、それは竜に近いような造形をしており――

「あの虹色《にじいろ》の体は――!?　ま、まさか……！」

そう、リーゼロッテの言う通り、その体は虹色の輝きを放っている。

「「虹の王《プリズマー》……！」」

ラフィニアとレオーネとリーゼロッテは、驚愕《きょうがく》した様子で口を揃《そろ》える。

「た、大変だわ――！　何でこんな時に……!?」

「リックレアを滅《ほろ》ぼしたのは虹の王《プリズマー》だって、イアン君が言っていたわよね――？　それが、ずっと近くに潜《ひそ》んでいたのかも……!?」

「と、とにかく大変ですわ……！　野営地を守りませんと……！　あそこには騎士や兵士でない方々も沢山おられます――！」

「で、でもある意味良かったじゃない？　ねえ、クリス。竜さんが戦ってくれなくなった分、あれと戦えるわよ！　思う存分やっていいからね！」

「いや。違《ちが》うよ、ラニ」

「え？　何が？」

「あれは虹の王《プリズマー》じゃない――」

虹の王《プリズマー》に特有の、圧倒的《あっとうてき》な迫力《はくりょく》を感じない。

例えばアールメンの街で見た氷漬《づ》けの虹の王《プリズマー》は、分厚い氷の中からも極限まで凝縮《ぎょうしゅく》されたような、只《ただ》ならぬ力のうねりを感じさせたものだ。

イングリスが王都カイラルで撃破《げきは》した虹の王《プリズマー》の幼生体も、あれ程ではないが、独特の力のうねりは共通していた。

あの虹の王《プリズマー》らしきものには、それを感じないのだ。

虹の王《プリズマー》でないどころか、魔石獣《ませきじゅう》でもないだろう。

感じる力の流れが、魔石獣とも異なるのだ。

「多分、偽物《にせもの》だね――」

「偽物……!?」

「あ、あれが――？」

「あんなに似ていますのに――？」

「似てるんじゃなくて、似せてるんだよ」

そして、意図的にそんな事をするからには、勿論理由がある。

リックレアを滅ぼしたという虹の王《プリズマー》らしき存在――それは、虹の王《プリズマー》ではなく、あまつさえ魔石獣ですらなかったのだ。

イアンは、最後に全ては初めから仕組まれていたと言っていた。

つまりは――そういう事だろう。

「ど、どういう事よ、クリス――!?」

「もっと近づけば分かるよ。早く行こう！」

「結局嬉しそうにしてるじゃない……！」

「戦いたくないとは言ってない！」

虹の王《プリズマー》であるかどうかは決定的な問題ではない。

強いかどうか。そして戦ってくれるかどうかである。

そういう意味では、後者は恐らく問題ない。フフェイルベインが相手をしてくれなくなって、手合わせ相手に困っていた所だ。丁度いい。

「はいはい、じゃあ全速力！　加速モード！」

星のお姫様号《スター・プリンセス》はグンと加速し、一気に虹色の巨大な影に接近をする。近くに寄ってよく見ると、ラフィニア達《たち》は声を上げる。

「……これ、あちこちに機甲鳥《フライギア》みたいな機械が――!?」

「だけど、生身のような部分もあるわ……！」

「ですが、魔石獣のような魔石は見当たりませんわね――!?」

「形は竜だから――恐らく、生身の竜に天上領《ハイランド》の機械を組《く》み込んだような存在だね。イアンさんの場合は人に機械を組み込んだ形だけど――それと同じようなものだと思う」

その表面が虹の王《プリズマー》に似た色の塗装《とそう》や、埋め込まれた発光体によって、それらしく飾《かざ》り立てられているのだ。

「……！　クリス！　じゃあれは、天上領《ハイランド》のものだって事よね!?」

「ちょっと待って――！　元のリックレアの街を襲ったのは、きっとこれよね……!?」

レオーネの言葉にイングリスは頷く。

「そうだと思う。見た目が虹の王《プリズマー》に見えるように偽装《ぎそう》してるんだよ。この国はあまり天上領《ハイランド》に頼《たよ》ってこなかったから、そういう知識は不足してる――虹の王《プリズマー》に襲われたんだって誤解しても不思議じゃないよ」

「……そんな！　では始めにリックレアの街が滅ぼされたこと自体、天上領《ハイランド》の企《くわだ》てだったと言うのですか――」

「うん。多分イーベル殿《どの》の——ね。だからイアンさんは最後に、全ては初めから仕組まれていたって言ってたんだよ。途中《とちゅう》で分かったんだろうね」

「……ひどい！　イアンくんは一生懸命《いっしょうけんめい》だったじゃない——！　あたし達のカーラリアにとっては良くない事だったけど、アルカードで二度とあんな事が起きないようにって、あんな体になってまで頑張ったのに……！　それが全部——」

アルカードにも虹の王《プリズマー》が現れ、リックレアの街が滅ぼされたため、天上領《ハイランド》の力を借りて、国の防衛力を高める方針を目指す。

しかし魔印武具《アーティファクト》や天恵武姫《ハイラル・メナス》の見返りに天上領《ハイランド》に献上《けんじょう》する物資は足りていない。

そのため、カーラリアとの友好関係を破棄《はき》し、ヴェネフィクとアルカードで挟撃《きょうげき》させるという、天上領《ハイランド》の作戦に従う事にする——

イアンはアルカードのために、その作戦に文字通り身を捧《ささ》げていた。

その彼《かれ》の行動のはじまり——リックレアが虹の王《プリズマー》に襲われたという事実。それがそもそも正確ではなかったのだ。

イアンの志や心意気ははじめから歪められていた——恐らくは、イーベルの手によって。

「許せないわ……！　イーベルは——あいつはどこにいるのよ……！　何だか分からないけどまだ生きてるんでしょ——!?　今度こそ本当に倒《たお》してやるわよ——！」

ラフィニアは瞳《ひとみ》に涙《なみだ》まで浮《う》かべて、イアンのために怒《おこ》っていた。

「ラニ……」

イングリスがラフィニアに声をかけて宥《なだ》める前に――その叫《さけ》びに応じた者がいた。

「はははは っ！　冗談《じょうだん》は止《よ》すんだな――君なぞにできるものか……！」

少年の澄《す》んだ声質に、それに見合わない高慢《こうまん》な響き――

その声は、竜《りゅう》の形をした偽物の虹の王《プリズマー》の頭部からだった。

いつの間にか、左右で色の違う赤と青の瞳の少年がそこに立っている。

「イーベル殿――！」

「あ、あれが……⁉　本当に子供ね――」

「という事は、本当に全ては初めから天上領《ハイランド》の仕組んだ事……！」

「だ、だけど……！　どういう事なの――⁉　完全に前見た姿そのままよ……！　あれで生きてるはずないのに――！」

「きっとイアンさんと同じだね――」

「クリス、イアンくんと同じって事は――何人も複製されてるって事？」

「うん。そうだと思う――」

イアンと違うのは、イーベルは機械化もされていない生身にしか見えないという事だ。

そういう存在を複製できる技術がある——という事は、イングリスの複製も可能だと思われる。手合わせ相手の確保のためにも、是非《ぜひ》それを使わせて頂きたい所だ。

「ま、僕はあのガラクタみたいに、同じ存在がいくつも並行するなんて下品な真似《まね》は好まないがね——僕は常に僕だけでいいのさ」

つまり前のイーベルが血鉄鎖《けってつさ》旅団の黒仮面に討《う》ち取られたため、今のイーベルが動き出したという事だろうか。

そしてその態度を見る限り、こちらに関する記憶《きおく》は残っているようだ。

どういう仕組みでそうなっているのかは分からないが、いずれにせよ——

「……そうでしょうか？　もう一人くらいいた方が、色々と便利そうですが——」

「……イングリス。残念ながら、お前とは意見が合わないようだ。だがそれでいいんだ、それは僕が真面《まとも》だって事だからな——！」

「失礼な。人を真面じゃないみたいに——」

「それは否定しないけど……！」

「ラニ、否定して！」

「しないけど……！　でも、リックレアの街が最初に襲われたところから、みんなあんたの仕業《しわざ》なのね……！　本当に性格が悪いわ——！　あんたこそ真面じゃないわよ！」

「ハン。子供の理屈《りくつ》だな――！」

イーベルはラフィニアの剣幕《けんまく》に対し、全く動じず嘲笑《ちょうしょう》をする。

「な、何がよ……！」

「分からないのか⁉　戦略なんてものが、個人の性格の良し悪《よあ》しなどで左右されるはずが無いだろう……？　そんな事も分からないようだから、子供だと言ったまでさ！」

「う……！」

少々怯《ひる》むラフィニアの代わりに、イングリスが口を出す。

「という事は、そうせざるを得なかった事情があるという事ですね――大方、政治的な都合といった所でしょうか？　例えば、対立している三大公派との間で、地上への侵略《しんりゃく》はお互《たが》いに控《ひか》えると言ったような協定が存在するとか――」

「全然控えてるようには見えないけど……⁉」

「実態はね。だけど、有無《うむ》を言わさず軍隊で地上を制圧するような事はやってないよ。今回もあくまでアルカードから協力を求められたから、それに応《こた》えるっていう形を作ってる。無理やりにだけどね。名分と実態って、大体は違うものだよ。本音と建前って言い換《か》えてもいいけど――そうですよね、イーベル殿？」

「ふん……！」

イーベルは鼻を鳴らすだけで否定も肯定《こうてい》もしない。

当たらずとも遠からず――という所だろうか。

「ですが、そちらも引っ掛かりましたね――」

「何……!?」

「ラニはあえて、ああいう言い方をすることで、勝ち誇《ほこ》ったあなたから情報を引き出そうとしたんです。おかげで、凡《およ》その推測が出来ました」

実際は勿論そんな事は無いのだが――

保護者として、見過ごせなかっただけだ。ラフィニアを擁護《ようご》したくなったのである。

したくなったのだから仕方ないだろう。

「そ、そうよそうよ……！　引っかかったのはそっちよ！　べーっだ！」

「ぐ……！」

「――そして、真の狙《ねら》いはこの地に眠っていた神竜フフェイルベイン……彼をどうするつもりかは知りませんが、天上領《ハイランド》にはそういった情報もあるようですね」

神竜フフェイルベインをこの地に封印したのは、前世のイングリス王自身だ。

その事が語《かた》り継ぎ続けられ――天上領《ハイランド》には情報として残っていた。

途中の経緯《けいい》は分からないが、ならば天上領《ハイランド》に行けば、自らが打ち立てたシルヴェール王国のその後の歴史にも触《ふ》れられるかも知れない。興味深い話だ。

「待て――！　なぜお前がその名を知っている――!?　それは天上領《ハイランド》の中でもごく一部のものにしか触れる事の許されない情報だぞ……！」

「簡単です。フフェイルベインご本人から教えて頂きましたから」

実際は勿論初めから知っていたのだが、この答えが最もそれらしく説得力がある。

前世からの記憶の事を必ず隠《かく》し通したいというわけでもないが、話が長くなるのでこれで済ませておく。

「神竜の声を聴いただと――？」

「ええ。イーベル殿がこちらに来られる前に、いろいろとお世話になっていましたので」

「そうよせっかく仲良くなれそうだったんだから、ひどい事したら許さないわよ……！」

「こんな姿で縛《しば》り上げて転がしておいて、どの口が言う！　これは天上領《ハイランド》としても重要な存在なんだよ！　全く不遜極《ふそんきわ》まりない！　ひどい事とやらをしているのはどっちだろうな!?」

「う……!?　く、クリス！　何か言い返して――！」

「ふふふ――それに関しては、何の申し開きも出来ませんね――その通りだと思います」

フフェイルベイン相手にはこうする他《ほか》は無かったのである。

「た、確かにね——下手に言い訳はできないわね」

「で、ですわね……そこはもう、認めるしかありませんわ——」

レオーネとリーゼロッテもそう冷《ひ》や汗《あせ》をかいている。

「僕はお前達に虐《しいた》げられている神竜を助けてやる、という事だ！　少しでも罪悪感を感じているのならば、黙《だま》って見ているんだな……！」

「——では、そうさせて頂きましょうか」

「ちょっとクリス——！」

「ああ言われたら……ね。やっぱりちょっと、フフェイルベインには悪い事をしたって思うじゃない？」

「う、うーん……でも、イーベルだって碌なこと考えてないわよ、絶対。竜さんのためになんてならないわよ、きっと」

「そこは大丈夫だよ、何かあったらわたしが何とかするから。ね？　ね？　ちょっと見てみようよ？」

「……結局、楽しみにしてるだけでしょ？　向こうが手を組んで襲ってくる展開とか」

「……迫力のある戦いをお見せする事を約束するよ？」

「こら……！　ちょっとは隠したり誤魔化《ごまか》したりしなさいよ——！」

「いひゃいいひゃい……！　ひゃめれ、りゃに――！」

「もう、二人とも遊んでる場合じゃないわよ――！」

「竜が起きますわよ――！」

レオーネとリーゼロッテがイングリス達を止める。

イーベルの指示によるものか、偽《にせ》の虹《プリズマー》の王の体から細長い腕《うで》のようなものが伸《の》び出して、フフェイルベインを拘束《こうそく》する竜鱗《りゅうりん》の鎖《くさり》を解いていた。

「あ……！　人が話してるうちに――！　卑怯《ひきょう》よ――！」

「知った事か！　だが――ククククッ……！　あの伝説の神竜を叩《たた》きのめして、こんな情け無い有様にして見せたのは見事だよ、全く驚愕すべき事だ。素直《すなお》に称賛《しょうさん》しよう……！　だがこちらにとっても好都合。誇り高い神竜の鼻っ柱を折ってくれたのなら、こちらの言う事に多少素直にもなるだろうさ――」

「おお……つまり、神竜をも超《こ》える力を用意できるという事ですよね……!?　それは楽しみです！」

イングリスは俄然《がぜん》目を輝かせる。

イーベルの口調と発言にはまだかなりの余裕を見て取れる。

こちらが神竜を制して見せたのは認識《にんしき》した上で――だ。

単に神竜を味方に付けてこちらを倒すような話なら、そうはならないはず。

もしそのつもりだったならば、イーベルは神竜の力がイングリスに及《およ》ばない事を嘆《なげ》くか、落胆《らくたん》の色を見せていただろう。こんなに自信たっぷりではいられないはずだ。

何か別の方法で、イングリスを倒す自信があるのだ。

天上領《ハイランド》の大戦将《アークロード》の切り札――楽しみにさせてもらおう。

「ふん……！　察しが良過ぎるのも、物事の興を削《そ》ぐという事を覚えておくんだな！」

「――失礼しました」

イングリスがそう言って頭を下げると、イーベルは身を起こしたフフェイルベインのほうを向き、大きな声を上げて呼びかける。

「さあ神竜よ――！　誇り高いお前に屈辱《くつじょく》を与《あた》えたあの女を殺し得る力を僕がやる――！　だから僕の声を聴け……！」

「おお――やはり……！　是非お願いします！」

そして戦意を失ってしまった困った神竜にもう一度闘志《とうし》を。

こちらとしては、まだまだ戦いたいのだ。

「うるさいお前が答えるんじゃない！　黙っていろ！」

イーベルに怒られると同時に、フフェイルベインがイングリスに問いかけて来る。

『老王よ――これはそなたらの同胞《どうほう》か？』

「いいえ。どちらかと言うと敵対していますが――」

『そうか――』

フフェイルベインは短くそう応じると、次の瞬間《しゅんかん》行動を起こしていた。


ゴアアアアアアァァァァァッ！


凶悪《きょうあく》な牙《きば》がびっしりと詰《つ》まった口を大きく開き、猛然《もうぜん》とイーベルに喰《く》らい付く。

その動きは、巨体の割に驚《おどろ》くほど俊敏《しゅんびん》である。

大戦将《アークロード》であるイーベルが、全く反応できずに呑《の》み込まれる程に。

「…………っ!?」

驚きの叫びも上げ切れない程の一瞬《いっしゅん》で、イーベルの姿はフフェイルベインの顎《あぎと》の中に消えてしまった。

「な――――っ!?　く、喰われた……!?」

「なんて素早《すばや》い……！　一瞬でしたわ――！」

レオーネとリーゼロッテが、その事態に目を丸くする。

「な、何しに出て来たのよ、あいつ……！　ま、まあこれで良かったかもだけど――」

「よ、良くないよ……！　も、勿体《もったい》ない――！」

フフェイルベインが素直にイーベルの言う事に従うとも思っていなかったが、そこは攻《こう》撃《げき》をされても身を守る術を用意しておいて欲しかった。

そしてそれを見たフフェイルベインが、イーベルを認めて話を聞く気になる――という流れを想定していたのだが、まさか為《な》す術《すべ》もなく喰われるとは、逆に予想外だった。

『ふん……我は確認《かくにん》はしたぞ。同胞でないのなら文句はあるまい？』

そう言うフフェイルベインの口元に、赤い液体が滲《にじ》んでいるのが分かる。

これはもう、間違《まちが》いなくイーベルは生きてはいないだろう。

「ま、まあ……今更《いまさら》言ってどうになるものでもありませんね――」

『我を再び拘束するならば、勝手にしろ。その腹立たしいまがい物は、我の目に入らぬ所に捨てておくのだな。我《わ》が同胞の肉体に何やら分からぬものを埋め込むなど、不愉《ふゆ》快極《かいきわ》まりない代物《しろもの》よ』

フフェイルベインはそう述べると、再び地面に寝そべって丸まってしまう。

この偽物の虹の王《プリズマー》の体形や幽《かす》かに感じる竜理力《ドラゴン・ロア》から、そうではないかと思ったが――やはり生身の竜を改造したものであるようだ。

同じ竜同士の事は、フフェイルベインが一番分かるだろう。

「なるほど――では片づけて欲しければ、わたしと手合わせを……」

『ええい何度言えば分かる、鬱陶《うっとう》しい……！　いい加減諦《あきら》めるのだな――！』

「いいえ諦めません……！　わたしの情熱をあなたに理解して頂くまでは――！」

『理解したゆえに戦わぬと言っているのだ！　そなたのような戦闘狂《せんとうきょう》に付き合っていられるか！　他を当た………っ!?』

フフェイルベインの言葉が途中で途切《とぎ》れた。

ビクンと一つ大きく身を震《ふる》わせて、その後がくがくと震え始める。

『お……!?　ウ……!?　ウオオオォォォ――ッ!?』

「……!?　フフェイルベイン――！　どうしました……!?」

「何かよく分からないけど、クリスがしつこ過ぎて滅茶苦茶怒《めちゃくちゃおこ》ってるんじゃない!?」

「そ、そんな事ないよ――！　わたし達、きっと分かり合えるはず……！」

「で、でもこの様子は只事《ただごと》じゃないんじゃ――!?」

「何が起こっているんですの――!?」

グオオオオオオォォォォォォォォンッ！

フフェイルベインは巨大な咆哮《ほうこう》を上げ、そして——その震えが止まり、静かになった。

意図は分からないが、片方の手を握ったり放したりして、動く事を確かめているような仕草を見せる。

「……？」

「クックックック——ようし、成功だ……！」

「⁉　人の言葉——⁉」

これまでフフェイルベインは、竜理力《ドラゴン・ロア》を介《かい》した竜言語でイングリスと会話を成立させていた。

人の言葉を発する事も出来たのかも知れないが、あの気位の高い性格からして、そのようなつもりも無かっただろう。

「しゃ、喋《しゃべ》ったわ……！　あたしにも聞こえた——！」

「私にも聞こえたわ……！」

「わたくしもです——！」

「やはり人の言葉を——では今話したのは、イーベル殿……⁉」

「「「えええええっ⁉」」」

ラフィニア達がそろって驚きの声を上げる様子に、フフェイルベインの姿をしたイーベルは勝ち誇ったように一つ頷《うなず》く。

「そう簡単にやられると思ったか……!?　残念だったな――――！　僕《ぼく》が何のためにあのガラクタに意識を宿していたと思う……!?　途中でお前達もろとも自爆《じばく》させず、わざわざあれを引き上げたのは――――!?　全《すべ》てはこの『精神剥奪法《マインドブラスト》』を完成させるためさ……！　意志ある者の精神を、自分の意識で奪《うば》い取る……！　神竜とは誇り高く傲慢《ごうまん》な存在だよ。決して人の言いなりになどならない……！　対話よりもこちらの方が手っ取り早いのさ！」

「なるほど――――イアンさんにあなたの意識が宿っていたのはその実験のため。そしてイアンさんが姿を消したのは、成功した実験の成果を引き上げるため――――」

「そういう事だ……！　この機竜は王都の地下に潜ませていたから、準備が整うまでお前達をこちらに近づけないよう、誘導《ゆうどう》もさせたがな――――！」

「あ、そうか……！　それでプラムが渫《さら》われたのね……！」

「プラムがいなくなったら、私達は必ずリックレアの方に取り返しに向かう――――という事ね……！」

「わたくし達はまんまと狙いにかかっていたというわけですか――――！」

「まああの女が……ティファニエが予想以上に不甲斐《ふがい》なかったせいで、お前達に神竜を掘《ほ》り返されていたのは想定外だったが——今狙い通りこの状態に辿《たど》り着いているのだから、不問にしてやってもいいかも知れないな……！　はははははっ！」

「——おめでとうございます。では早速《さっそく》その成果を試《ため》してみては如何《いかが》でしょう？　ここにいい実験台がいますので、お相手させて頂きますが——？」

と、イングリスは自分の胸に手を当てて呼びかける。

フフェイルベインの肉体を手に入れたイーベルなど、最高である。

中身が彼ならば、再びイングリスと戦ってくれるに違いない。

「くくく……焦《あせ》るんじゃない。これだけで終わりと思ったか？　お前も言っていたじゃないか——神竜をも超える力を……とね。黙って見ているんだな——」

「おお……!?　それは済みませんでした——楽しみにしています！」

「ふん……！　嬉しそうにして——！　すぐにその顔を恐怖《きょうふ》と絶望に染めてやる！　覚悟《かくご》しておけ……！」

「——はい！　分かりました！」

イングリスは期待に目を輝かせて、声を弾《はず》ませる。

「全くふざけた奴《やつ》だ……！　忌々《いまいま》しいことこの上ない！」

フフェイルベインの肉体をしたイーベルはそう吐《は》き捨てると、近くの偽の虹の王《プリズマー》に指令を出す。

「さあ機竜よこちらに来い！　天上領《ハイランド》の未来のため、我が教主様をお守りする盾《たて》となるんだ……！　ここに、守護神の誕生だっ！」

カッ――――！

イーベルが機竜と呼んだ偽の虹の王《プリズマー》が、激しく眩《まばゆ》く輝き始める。

その中で機竜の体のあちこちから無数の細い腕のようなものが伸び出して、フフェイルベインの体に巻き付いていく。

すると激しい輝きは神竜の体をも侵食《しんしょく》し、二体が共鳴するように光を増していく。

もう、目を開けて見ているのが困難なほどだ。

「ま、眩《まぶ》しい……！　目を開けてられない――！」

「ラニ、無理に見ちゃダメだよ。下を向いて、地面に映る影だけ見ればいい――！　レオーネもリーゼロッテもね……！」

「わ、分かったわ――！」

「そうさせて頂きますわ……！」

地面に映る二つの巨体の影は、機械が軋《きし》むような駆動音《くどうおん》や、生身の者同士がぶつかり合う鈍《にぶ》い音や、何かをかき混ぜるようなグチャグチャとした音や、さまざまな種類の音を複雑に絡《から》ませ合いながら、一つになって行った。

一つの姿がはっきりしていくと共に、激しい光は少しずつ薄《うす》まり――

やがて、イングリス達の目には、一つになった更《さら》に巨大な姿だけが残っていた。

「おお……凄《すご》い――！」

基本的な姿は神竜フフェイルベインのそれだが、各部の関節や頭部の要所要所が、強固な装甲《そうこう》で補強されている。そしてその分手足は長くなり、直立も出来そうな体格に変化していた。

機械化された部分からはいくつもの砲門《ほうもん》が突《つ》き出し、天上領《ハイランド》の飛空戦艦《せんかん》も顔負けの重装備である。

特に両肩《りょうかた》から突き出した二門の砲門の巨大さは圧巻で、フフェイルベインの竜の吐息《ドラゴン・ブレス》をも上回る破壊力《はかいりょく》を秘《ひ》めていそうである。

全身から感じる竜理力《ドラゴン・ロア》の強さも一段と増し、そこに更に天上領《ハイランド》製の技術由来の魔素《マナ》も絡まり合う、確実に進化した姿だった。

「な、何あれ……!?　竜さんと天上領《ハイランド》の戦艦が合わさったみたいな……！」

「す、凄い迫力だわ……！　これが天上領《ハイランド》の本当の力――⁉」

「こ、これがあの方の狙いでしたのね……！」

ラフィニア達はその姿に圧倒《あっとう》され、立ち竦《すく》んでしまっている様子だった。

「どうだ……⁉　これが伝説の神竜をも超えた力――フフェイルベインを素体とした機竜。いわば、機神竜とでも言った所だな……！　我が教主様をお守りする盾として、相応《ふさわ》しい力だよ――！　あの方は神竜を兵器化するなど罰当《ばちあ》たりだと仰《おっしゃ》るかも知れないが、使えるものは何でも使って、あの方をお守りするのが大戦将《アークロード》の務めだ！」

機神竜は機械仕《じか》掛けになった拳《こぶし》を強く握《にぎ》り締《し》め、イーベルの言葉を紡《つむ》ぎ出す。

「ふふふふ……素晴らしいです――見た目も迫力があって格好良いですし、確かな力を感じますよ……！　相手にとって不足はありません――！　さあ、喜んでお相手させて頂きます……！」

せっかくこの手で鍛《きた》えた竜鱗の剣の試し切りの相手として、この機神竜は申し分ない。

フフェイルベインを超える力を持つのは確実。

そしてフフェイルベインを超えるならば――前世から通して見ても、最強の敵である可能性が高い。

この戦いは、必ずイングリスに更なる成長をもたらしてくれるはず――

これは武者震《むしゃぶる》いを禁じ得ない。本当にアルカードまでやって来て良かった。

「はあぁぁぁっ！」

霊素殻《エーテルシエル》を発動しつつ、星のお姫様号《スター・プリンセス》を飛び降りて機神竜の正面に立つ。

握り締めた竜鱗の剣《けん》にイングリスの霊素《エーテル》が浸透《しんとう》するが、今のところ破壊《はかい》される様子は無い。

どれ程の強度を発揮してくれるか――？　威力《いりょく》のほうは――？　これも楽しみ過ぎる。

「さあ、どこからでもかかって来て下さい！」

イングリスは身《み》の丈程《たけほど》もある竜鱗の剣を軽々肩《かた》に担《かつ》ぎ、いつでも打ち込《こ》めるように構えを取った。

「くくく――今更お前如《ごと》きが機神竜と戦いたいだと……!?」

「はい！　決して損はさせません――！」

「身《み》の程《ほど》知らずが――ッ！」

機神竜の肩の主砲《しゅほう》を除いた全身の砲門から、光弾《こうだん》が一斉《いっせい》に撃ち出された。

ドガガガガガガガガガガ――――ッ

圧倒的な数がイングリスの周囲に着弾《ちゃくだん》し、雪や土を舞《ま》い上げて視界を覆《おお》い塞《ふさ》ぐ。

だが図《はか》ったようにイングリス自身には着弾して来ない。牽制《けんせい》目的なのは明らかだった。

ただの牽制でこの威力。嫌《いや》が応にも期待は高まり、そして――

視界が晴れて、イングリスが前を見ると――

機神竜の姿は遥《はる》か遠く――高い空に消えて行こうとしていた。

「え……!?　あ、あの――!?　どうしたんですか!?　何処《どこ》へ――!?」

「天上領《ハイランド》に帰るんだよ！　言ったろう!?　機神竜は大公派の連中から教主様をお守りする盾――貴重な戦力なのさ……！　単なる雑兵《ぞうひょう》であるお前となど、戦っていられるか！　こちらに何の得も無いんだよ！　身の程を知るがいい――！」

先程《さきほど》身の程を知れとイーベルが言ったのは――機神竜となり気が大きくなって、今の自分の方が強いと誇りたかったのではなかったのだ。

どうやら戦う価値が無く、そのつもりも無いという意図だったようだ。

イングリスとしては、イーベルの性格から前者だと思い込んでいたが――まんまと裏をかかれた。

「ず、ずるいですよ……！　わたしの手出しだけ封《ふう》じて、戦ってくれないなんて――！」

「知った事か！　そんな約束などした覚えはない！　悔《くや》しがるお前が見られて、こちらは気分がいいよ！　はーっはっはっはっはっはっはっはっ！」

イーベルの高笑いが尾《お》を引くように残りつつ——

その姿は遥か高く、雲の中に消えて行ってしまった。

「ううぅ……そ、そんな——せっかく作った剣の試し切りはどうなるんですか……？」

イングリスはしゅんとして、その場にがっくりと膝《ひざ》をついた。

ラフィニアは星のお姫様号《スター・プリンセス》を降り、イングリスの横にすっと近寄った。

「あーあ。あいつの言った通りになったわね——」

「え？」

「お前の顔を恐怖と絶望に染めてやる——って。少なくともクリス、いい感じに絶望してるわよね？　まあ元気出しなさいよ、よしよし」

今日は珍《めずら》しく、ラフィニアがイングリスの頭を撫《な》でて慰《なぐさ》めてくれた。

「……ラニ、わたし——生き方を間違えたかもしれない……」

「いや、知ってるけど——？　今さら気づいたの？」

「ある程度偉《えら》くないと、相手してくれないっていう場合もあるんだね——あの機神竜と戦いたかったら、自分の国を作って天上領《ハイランド》と戦争するくらいしないとダメなのかも——少なくとも騎士団《きしだん》長にはなっておくべきだったのかな……？」

「こらこらこら――根本的な間違いがそのままだから、それは。止めなさい」

「ううう……じゃあ、ラニが偉くなって機神竜と戦わせてくれる？」

「いやいやいや――だったらラファ兄さまと結婚《けっこん》して侯爵《こうしゃく》夫人になればいいんじゃない？　兄さまの方が偉くなってくれるわよ？」

「やだ！　わたしは結婚とかするつもりはないから――」

そこへ遅《おく》れて、レオーネとリーゼロッテがやって来る。

「ま、まあとにかく――あの様子だと戻《もど》って来そうにないし、これはこれで悪くない結果だったんじゃない？　もう食料も大分蓄《たくわ》えられているし、暫《しばら》くは大丈夫《だいじょうぶ》だわ」

「ですわね。イングリスさんの言う通り、あの竜の影響《えいきょう》でこの土地の気候が厳しいのでしたら、いずれはここから引き離《はな》す必要がありましたし――」

「そうよね。あのままならクリスが連れて帰って飼うとか言い出しかねなかったし――竜さんは可哀想《かわいそう》だったけど、これで良かったのよ。この先リックレアが復興して、土地も暖かくなって作物がいっぱい取れるようになったら、イアンくんも浮かばれると思うわ」

「ええ。きっとそうね――」

「それが、あの方の一番の望みのはずですものね……」

ラフィニア達《たち》はしんみりとした雰囲気《ふんいき》で、機神竜の飛び去った空を見つめている。

その様子を見ていると、これ以上何も言えない。

イングリスはただ深く大きくため息をつく。

「はあ……戦いたかったなあ――機神竜……」

「まあまあ、もう行っちゃったんだから諦めなさいよ。ほら、プラムの様子も気になるし、戻るわよ！　憂《う》さ晴《ば》らしにその後いっぱいお肉を食べればいいじゃない！　嫌な事は美味《おい》しいごはんで忘れるのよ！」

「……そうだね――そうする！　もう容赦《ようしゃ》なく食べて食べて食べまくるから！」

「うんうん！　あたしも付き合ってあげるわ！」

その様子を見て、レオーネとリーゼロッテはひそひそと話し合う。

「いつも容赦なんてしてるのかしら――？」

「さ、さあ……あの二人のお腹《なか》の事は、わたくし達には分かりませんから……」

ともあれ、イングリス達は野営地へと戻る事にしたのだった。

◆◇◆

「みんな聞いてくれ――！」

野営地の中心部、ラティ達が使っている宿舎の前で――

集まった住民達を前にして、ラティは改まった真剣《しんけん》な表情で呼びかけていた。

その傍《かたわ》らにはプラムがいて、少々居《い》心地《ごこち》が悪そうに俯《うつむ》いている。

イングリス達が野営地に戻ると、プラムは既《すで》に意識を取り戻していた。

それから少し休んで落ち着いてから、ラティがこうして人々を集めたのである。

イングリス達は住民達の輪から少し離れた、ルーイン達騎士《きし》隊の近くに立ってその様子を見守っていた。

先程《さきほど》の騒《さわ》ぎの事もあり、住民の側も騎士隊の側も、お互いに緊張《きんちょう》が走っている。

「――くるひゅ。ゆりゃんひひゃらめよ？　にゃにがありゅかわかりゃにゃいいんりゃかりゃ……！（クリス。油断しちゃだめよ？　何があるか分からないんだから……！）」

「わひゃっれるよ。りゃに――らいひょうぶらかりゃ……！（分かってるよ。ラニ――大丈夫だから……！）」

そんな中、イングリスとラフィニアの口はもぐもぐと忙《いそが》しく動いている。

二人が手に持ったお皿の上には、大量の串《くし》焼《や》き肉が盛られていた。

機神竜と戦えなかった悔しさは、食べて食べて食べまくって晴らす――それを早速実行に移しているのであった。こうでもしないとやっていられない。

「……油断しないようにって、言ってるの？」

レオーネが聞くと、イングリスもラフィニアもこくこくと頷く。

「……どっちが油断してるのよ。もう――」

「どう見ても緊張感があるようには見えませんわねえ――」

レオーネとリーゼロッテがため息をつく中――ラティは住民達への呼びかけを続ける。

「さっきの騒ぎの事は詳《くわ》しく聞いた……！　俺《おれ》は誰《だれ》も罰《ばっ》するつもりはない……！」

その一声で、住民達の間には多少の安堵《あんど》感《かん》が広がる。

騒ぎを主導したのはイアンだったが、結果的に騎士隊側に刃《やいば》を向けるような事態に発展してしまっているのだ。しかもプラムは重傷を負ってしまった。

あの輪の中にいた者を捜《さが》して捕《と》らえると、

「そして罰するつもりが無いのは、こいつも同じだ――」

言ってプラムに近寄り、その肩に手を置いた。

「ハリムのやったことは許されねえ……だから、その妹のプラムも許せないって言うのも、分からなくはねえ――それが、皆《みな》の素直な気持ちなんだろうと思う。いくらハリムとプラムが別だって言っても、そう簡単なもんじゃねえって事だよな――」

「ふみゅ――」

神竜の肉はこんな時でも極上《ごくじょう》の美味である。

イングリスは舌鼓《したつづみ》を打ちながらラティの言葉に頷く。

本来あるべき論理としては、罪は個々の人間に依存《いそん》するもの。

ハリムの罪をプラムに負わせるような真似は、決して褒《ほ》められた事ではないのだが、他に行き場の無い感情がそれを求めるのも事実。

レオーネもその事実によって、辛《つら》い境遇《きょうぐう》に置かれてきた。

人々に正しい法と規範《きはん》を示すのが良き王ならば、人々の心に寄り添《そ》う王も良き王である。

そして目の前の状況《じょうきょう》と照らし合わせて見れば、前者と後者は矛盾《むじゅん》する。

どちらが正解かなどは、その時々で変わるという事だ。

そして同じ言葉でも、誰が言うかによっても結果は変わる。

とにかく、思い切ってやってみればいい。

「だから――俺も素直に俺の思ったままを言わせてもらうぞ……！」

イングリスが見守る中――ラティは強い意志の光を瞳《ひとみ》に漲《みなぎ》らせる。

「俺はこの国の王子として、こいつを――プラムを后《きさき》として迎《むか》える事を宣言する！」

「「えええええぇっ!?」」

「「おおおおぉぉぉっ!?」」

「「な、何だと……!?」」

様々な感情の入り交じった声が上がり、俄《にわ》かにその場が騒々《そうぞう》しくなる。

「ハリムの罪がプラムの罪になるなら、プラムの罪も俺《おれ》の罪になる！　そしてこれから先の俺の人生をかけて、これを償《つぐな》って行こうと思う――！　このリックレアを復興して、必ず前より豊かな街にして見せる！　だから……俺達《たち》に少し時間をくれ――！　この通りだ！　頼《たの》む……！」

ラティは面前の住民達に向けて、深々と頭を下げて見せる。

「あ、あの――ラティ……！　私……っ！」

「何だよ、今さら嫌だなんて言うんじゃねえぞ……!?　もう言っちまったんだからな？」

「で、でも……本当にそんな――う……うぅぅぅぅぅ……っ！」

「……！　今は泣いてる場合じゃねえんだよ、とにかくお前も頭下げろ……！」

「は、はい……っ！」

そうして、揃《そろ》って頭を下げている二人に――

パチパチパチパチパチッ！

真っ先に拍手《はくしゅ》を浴びせたのは、イングリスの横にいるラフィニアだった。

「いいひょろ～！　そりゃれいいにょよ～！　おめれひょろ～！（いいわよ～！　それでいいのよ～！　おめでとう～！）」

――ただし、口の中を神竜《しんりゅう》のお肉でいっぱいにして。

感動して涙《なみだ》ぐみながら口をもぐもぐと動かし拍手。忙しいことだ。

「りゃに！　そんにゃらつたわりゃないひゃら……！（ラニ！　そんなじゃ伝わらないから……！）」

「イングリスもね……！　もう、ちゃんとしてあげてよ――――！」

イングリス達を窘《たしな》めながら、レオーネも拍手をする。

「わたくし達は賛成しますし、応援《おうえん》しますわ！」

リーゼロッテもそう言って拍手をする。

ラフィニア達三人の表情は、乙女《おとめ》の憧《あこが》れというやつでキラキラしていた。

イングリスとしてはそのような憧れは持ち合わせていないため、別の事が気になった。

自分が結婚など考えていないためか、もしイングリスがプラムの立場であれば断るしかないのだが、こんな人前で断ってしまったら、相手に恥《はじ》をかかせる事になってしまうな

――と。

まあプラムにそのような心配は無用だったようで、結果としては良かったが。

イングリスも別に反対ではない。

若く青臭《あおくさ》いが、瑞々《みずみず》しく輝《かがや》いていて、微笑《ほほえ》ましい事だ。


パチパチパチパチパチパチパチッ！


そして、イングリス達以外からも拍手が起きる。それが段々、大きく広がって行った。

ここにいる住民達は、様々な事情はあれども、基本的にリックレアを開放して復興しようというラティ王子を慕《した》って集まってきた人々だ。

だから、ラティの言う事なら従うという者もいるだろうし、純粋《じゅんすい》にその覚悟と姿勢に感《かん》銘《めい》を覚えた者もいるだろう。中にはまだ納得《なっとく》は行かないが、ラティの言葉に免《めん》じて様子を見よう、という者もいるに違《ちが》いない。

「俺はプラムさんを信じる……！　体を張って俺を助けてくれたんだ――！　あんなの単なる人気取りでできやしない！　本当に俺達の事を考えてくれてるんだ――！」

中にはプラム個人を信頼《しんらい》し始めている者もいる様子だ。あのプラムが負った怪我《けが》も、決して無駄《むだ》ではなかったと言う事だろうか――

ともあれ、もう一度あのような騒ぎが起こる心配は、当座のうちは無くなったと見ていいだろう。

「よーしせっかくだから、ここで本気だって事を証明して見せちゃいなさいよ～！　キース！　キース！　キース！」

ラフィニアが大声で、ラティとプラムを囃《はや》し立てる。

まるで酔《よ》っ払《ぱら》いみたいな下世話な発言で、少々お行儀《ぎょうぎ》が悪い。

「な……!?　何言ってんだ馬鹿《ばか》――！　こんな大勢の前でそんな事できるか……！　まだ一回もだなぁ……！」

ラティが顔を真っ赤にしてラフィニアに反論して来る。

「ら、ラニ……止めといたほうがいいよ。ラティもプラムも困るから――」

「でも、皆に証拠《しょうこ》を見せて誓《ちか》うって言うのも大事だと思うの！　ね!?」

「そうね！」

「ですわね！」

ラフィニアに比べてお行儀がいいはずのレオーネとリーゼロッテも同調してしまう。

そして周囲からも歓声《かんせい》が飛び、異様な期待感がラティとプラムを包む。

「――やれやれ」

これはちょっと、止められそうにもない。

仕方が無いので、まだ残っている串焼き肉を食べながら見ていようと思う。

と――プラムが動いてラティの顔をぐいと引き寄せ、背伸《せの》びをしながら唇《くちびる》を重ねた。

「――！」

目を見開くラティ。

「「「おおおおおおおおっ！」」」

そして上がる歓声――

「な、何すんだよプラム――！　お前には慎《つつし》みってもんがだなあ……!?」

「ふふふふっ。私からのお返事ですよ？　一生ついていきますから、よろしくお願いしますね？」

「あ、ああ……わかってらあ」

涙に濡《ぬ》れた頬《ほお》に、とびっきりの笑顔《えがお》――今のプラムはとても輝いているように思えた。

そんな微笑ましい二人に、ラフィニアは興奮を抑《おさ》えきれない様子だった。

「見た見た見た――!?　きゃ～大胆《だいたん》っ！」

「ええ。とっても後学のためになりましたわね――！」

「いいわねえ――私にもそういう人がいたら、少しは違ったのかな……？」

レオーネも嬉《うれ》しそうにはしているのだが――少々自分の境遇と比べてしまったようだ。

確かに、レオーネには最も辛い時にそれを分かち合い、守ってくれるような王子様はいなかった。オルファー家に着せられた汚名《おめい》は、レオーネが一身に背負ってきたのだ。

「まあ、レオーネはわたし達で我慢《がまん》してね？」

「そうそう！　クリスの言う通りよ！」

「王子様ではありませんが、数だけは多いですから――」

「ふふっ――そうよね、皆ありがとう……」

宿舎前の広場が、この土地の未来を暗示するような、温かな空気に包まれる中で――

「ラティ王子！　ラティ王子――――ッ！」

頭上の方向から、大声でラティの名を呼ぶ声がした。

一機の機甲鳥《フライギア》が、遠くの空から全速力で飛来して来たのだ。

イングリス達が機甲親鳥《フライギアポート》に搭載《とうさい》して持ち込んで、伝令用にと貸し出していたうちの一機だった。

「……!?　あ、ああ――！　俺はここだ……！　何かあったのか――!?」

「はい！　大変で御座《ござ》います！　国境に布陣《ふじん》していたウィンゼル王子率いる部隊が、こちらへ向けて進軍中であります――！」

「え……!?　何で兄貴がこっちに軍なんて――!?」

「決まっています、ラティ王子――！　御身《おんみ》の御手柄《おてがら》と名声の上前を撥《は》ねるつもりかと……！」

騎士隊長のルーインがそうラティに進言をする。

「な……!?」

「後継者《こうけいしゃ》争い――ってやつだね」

イングリスもルーインの見解には賛成だ。

「ですが、カーラリア軍と国境を挟《はさ》んで睨《にら》み合っている中で軍をこちらに向けるなど、何と愚《おろ》かな……！」

「カーラリア軍とは休戦協定を結んだのかも知れませんね」

「なるほどその線もあり得るな――だが、こちらが小勢のうちに急いで叩《たた》くつもりかも知れぬが、あちらは対策を誤ったな……ある意味では、こちらにとって都合がいい」

「どういう事ですか？」

「君だ、イングリス君――君の力なら多少の兵力差などあって無いようなもの。この際、あちらに言い逃《のが》れの出来ぬ下手を打たせ、今後の大勢を決しておく方が都合がいい」

「なるほど――それも一理ありますね」

「……任せてよいのだろう？　その力、存分に奮ってくれ――」

「……ふふふ。では、任されましょうか――？」

不敵な笑《え》みを浮《う》かべるイングリスを、横からラフィニアが止める。

「ちょ、ちょっと待ちなさいよ、クリス――！　さすがに直接戦争に手出しするのは……！」

「戦死者ゼロだったら大丈夫でしょ？　全員みね打ちにするから――ね？」

「ま、まあそれなら――？」

「いや待て、みね打ちでもいきなり襲《おそ》い掛《か》かったりするなよ――!?　まずは話し合ってだな……！」

「ラティ王子！　ラティ王子ッ！　王子はおられますかーーっ!?」

また別の機甲鳥《フライギア》が飛来し、ラティの名を呼んだ。

「また……!?　俺はここだぜ！　どうしたんだ――!?」

「はっ……！　私はカーラリア軍側に向かいました伝令です！」

と、二機目の機甲鳥《フライギア》の騎士は言う。

こちらの状況をビルフォード侯爵達《こうしゃくたち》がいるカーラリア軍に知らせ、アルカード領内への進軍を待ってもらうように伝えておいたのだ。

「カーラリア側の状況をお伝え頂いたのですが、東側のヴェネフィクとの戦線で聖騎士団は破れ、敗走中との事です！　アルカード側には最小限の兵力のみ残し、救援《きゅうえん》に戻られると――！」

「「「えええええぇぇっ⁉」」」

ラフィニア達が驚《おどろ》きの声を上げる。

「そ、そんな……兄さま達が負けるなんて――」

「し、信じられない……！　あれだけの方々がいるのに――！」

「ええ、天恵武姫《ハイラル・メナス》が二人もいらっしゃいますのに……！」

「――敗因については、何かご存じですか？」

イングリスは冷静に、伝令の騎士に問いかける。

「何でも戦いの最中に、国境近くに安置していた氷漬《づ》けの虹の王《プリズマー》が復活し、王都カイラル側に進行しているとか……！　聖騎士団はその抑えに回り、戦線が崩壊《ほうかい》したとの事です――！」

「……！　分かりました、ありがとうございます――」

イングリスは騎士に丁寧《ていねい》に頭を下げる。

「た、大変な事になったわね――私達は、どう動くべきかしら……？」

「あたし達が急にいなくなったら、こっちも大変な事になるわ――！　ラファ兄さまやエリスさんやリップルさんならきっと大丈夫――！　無事を信じて、あたし達はここでできる事をやるべきだわ……！　それが終わってから、カーラリアに戻りましょ……！」

「――わたくしもそう思います……！　ラファエル様がご心配でしょうに、ラフィニアさんは立派ですわ」

「ふふっ。これでも聖騎士の妹ですから――！　クリスもそれでいいわよね？　その方が近づいてくる部隊と虹の王《プリズマー》とも両方戦えるわよ」

「いや、それはダメ――一刻も早く虹の王《プリズマー》を叩きに戻らないと、取り返しがつかなくなる……！」

しかし、イングリスはラフィニアの問いに首を横に振《ふ》って答えたのだった。

番外編　最高のお土産!?

聖騎士団敗走の一報が入る、数日前の夜——

野営地の外れの、イングリスが竜鱗《りゅうりん》の加工に使っていた鍛冶《かじ》場に、巨大《きょだい》な何かが到来《とうらい》しようとしていた。

「お、おおおおお…………!?」

「な、何だあれは——!?」

「で、でけえええぇぇ……!」

それは真っ白な美しい球体——つまり、雪玉である。

ただし、人の身長の何倍もある超巨大《ちょうきょだい》なものだが。

それを見た騎士隊の面々や住民達は度肝《どぎも》を抜《ぬ》かれて、ただただ圧倒されている。

「よいしょ。よいしょ——」

それを転がしているのは、勿論《もちろん》イングリスである。

フフェイルベインの鱗《うろこ》を叩く衝撃《しょうげき》で陥没《かんぼつ》した穴の淵《ふち》まで巨大な雪玉を転がし、ふうと一息。穴の中にはやや雑にだが石が敷《し》き詰《つ》められて、一応の舗装《ほそう》が施《ほどこ》されていた。

「ラニ～！　行くよ～？　中に誰もいない～？」

余りに巨大な雪玉であるため、向こう側は全く見えないのである。

「おーらいおーらい！　いいわよ～！」

「よし――！」

最後の一押《ひとお》し。


ボコンッ！


巨大な雪玉が穴に嵌《はま》って、頭の半球部分がこんもりと顔を出す。

――これで、下準備は完了《かんりょう》である。

「いいわね！　さあさあクリス早くやっちゃって！　早くさっぱりしたいし！」

「うん。ラニ――」

「あ、ちょっと待って二人とも。ねえ、これ量が多いんじゃ……!?」

しかしレオーネの制止は一歩遅《おそ》く――

イングリスは既に霊素《エーテル》から落とした魔素《マナ》を大量に集中させ、魔術《まじゅつ》を完成させていた。

「出でよ——露天風呂《ろてんぶろ》ッ！」

ズゴオオオオオオオオォォォォォオッ！

雪玉の真ん中を貫《つらぬ》いて巨大な火柱が上がった。
魔術の系統としてはこれまで余り使って来なかった炎《ほのお》の魔術も、このように使えるようになって来た。日々の努力の結果である。
上がった火柱は、あっという間に雪玉を溶《と》かし——

「——!?」

バシャアアアアアアアッ！

すぐ側にいたイングリス達に、大量のお湯が降り注ぐ！
避《さ》ける事は叶《かな》わず、完全にずぶ濡れになってしまった。
「……ちょっと張り切りすぎちゃったかな——？」
「やっぱり、雪玉が大き過ぎたのよ……」

「もう、ずぶ濡れですわ――」

レオーネとリーゼロッテが恨《うら》めしそうに言う。

「まあまあ、入ってる間に乾《かわ》かせばいいわよ！　いい湯加減だって分かったし、早くお風《ふ》呂《ろ》入ろ入ろ……！」

「あ――！　まだ服脱《ぬ》いじゃダメだよ、ラニ！　見てる人がいるんだから……！」

すぐ服を脱ごうとするラフィニアを抑え込み、人払《ひとばら》いをして――

イングリス達は自作の露天風呂を堪能《たんのう》する事にした。

「うーん気持ちいいわね～♪　クリスがあけちゃった穴の上手《うま》い利用法よね！」

お風呂に浸《つ》かったラフィニアは、上機嫌《じょうきげん》だ。

フフェイルベインの竜鱗を加工する際に出来てしまった穴を、埋《う》めるのではなくお風呂にしてしまおう、と言い出したのはラフィニアだった。

「そうだね、ラニ。星が見える中でお風呂に入るのもいいね」

「確かに、凄く開放的よね――」

「体はぽかぽか温かいですのに、空気はひんやりしていて気持ちがいいですわ――」

「それに見て下さい、皆さん。お湯に星空が映っていて、凄く綺《き》麗《れい》ですよ……！」

最近余り元気の無いプラムも、顔を輝かせている。

「ほんとよね――やっぱ綺麗な景色の中で食べるごはんはいつもより美味しいわ――！」

「そうだね、ラニ――」

イングリスとラフィニアの手には、フフェイルベインの串焼き肉が握られている。

そしてお湯に浮かせた木の皿の上に、同じ串焼き肉が何本も。

「――景観を損《そこ》ねますわねえ」

「……そうね――」

「いいじゃない。露天風呂に入ってお酒を飲む人もいるんだから、お肉を食べてても一緒《いっしょ》でしょ？」

「あはは――まあそうかも知れませんね……ちょっとお行儀は悪いかも知れませんけど――」

「そうかなあ……？　うちの家じゃ普通《ふつう》なんだけどなあ――ラファ兄さまだって同じ事するわよ？」

「えええぇっ……!?　あのラファエル様が――？　信じられない――」

「あんなに爽《さわ》やかで、気品のあるお方ですのに――!?」

「ほんとよ！　むしろあたし達よりラファ兄さまのほうが、こういうの好きなんだから」

「……ある日突然《とつぜん》、ラニが大浴場に入りながらご飯を食べるって言い出して――あの時は困ったよ？　聞いたらラファ兄様に教えて貰《もら》ったって言って……どうしてもって聞かないから付き合ったら、ラニが魚介《ぎょかい》のシチューをお湯の中に全部こぼして泣いちゃって……大変だったんだから、お湯も汚《よご》れちゃったし——」

「あはは——そ、そうだっけ？　よく覚えてるわね～。それ何歳《なんさい》の頃《ころ》の話よ？」

「五歳の頃だよ。わたし、記憶力《きおくりょく》には自信あるから——」

あの頃から既に大人であるイングリスの感覚としては、十年前の事など最近の事だ。

「でも、あんなに小さかったラニが、こんなに立派になって——月日が経《た》つのって早いよね？」

ラフィニアの成長に思いを馳《は》せると、なかなかに感慨深《かんがいぶか》いものがある。

「ムカ。何言ってるのよ——あの頃からあたしは全然成長してないわよ……！」

しかしラフィニアは何故《なぜ》だかお気《き》に召《め》さなかったようで——

「ええ？　そんな事ないと思うけど——」

「あるわよ、ここはぺったんこのままなんだから……！」

と、なだらかな自分の胸を叩く。

「クリスはいいわよね、あたしを置いてきぼりにして、一人だけそんなに立派に育って……！　だからそんな余裕《よゆう》でいられるのよ……！」

「い、いやそっちの意味じゃないから——こう、人としての成長の問題で……」

「だから、一人で大きくなってずるいって言ってるのよ——あー羨《うらや》ましいからちょっと触《さわ》らせなさいっ！」

「えぇぇ……っ⁉　そんなの——ひゃあっ……⁉　や、やめて——お肉を落としちゃうから……！」

「んっふっふ♪　だったら大人しくしてなさいよ？　暴れたら落としちゃうわよ？」

「ううぅ——⁉　も、もう……！」

「それにしても、ラファ兄さまは元気かしらねー。話に出たら、すごく会いたくなってきちゃったわ……早く兄さまにも竜のお肉を食べさせてあげたいし——きっと喜んでくれるわよね、クリス？」

「う、うん。それは、そうだと思うけど……胸から手を離して、手を……！」

「やだ♪　クリスが反省するまでこのままよ」

「ラファエル様は今頃《いまごろ》ヴェネフィクとの国境地帯よね——あちらの戦況《せんきよう》はどうなっているのかしら……」

　イングリス達の様子を横目に見ながら、レオーネはそう述べる。

「聖騎士団の皆さまにエリス様やリップル様も一緒なのですから、滅多《めった》な事はあり得ないとは思いますが――ヴェネフィクの側も、それを理解して天恵武姫《ハイラル・メナス》や特級印を持つ騎士を戦線に投入してきているかも知れませんわね……」

「――ねえ、リーゼロッテ。あたしは良く知らないんだけど、ヴェネフィクにも天恵武姫《ハイラル・メナス》や聖騎士がいるのね？」

「ええ、そのはずですわ――特に赤獅子《あかじし》の異名を取るロシュフォール将軍は、騎士アカデミー時代のラファエル様と対外試合で手合わせなさった事があり、その時は全くの互角《ごかく》だったとか――彼《かれ》も特級印を持つ騎士だと、お父様にお聞きしましたわ」

「ラファ兄様と互角の相手――か」

ヴェネフィクとカーラリアは長年の敵対関係であり、ヴェネフィク側からの侵略行為《しんりゃくこうい》は近年でも絶えない。

それだけの行為をするという事は、カーラリアに対抗《たいこう》するだけの力を持っているという事。特級印を持つ騎士や、天恵武姫《ハイラル・メナス》を抱《かか》えているのも当然と言えるだろう。東部の国境の状態が、本格的な紛争《ふんそう》状態に入るならば――そういった存在が前面に出て来る可能性は十分にある。

――なかなか面白《おもしろ》そうな戦場である。

「ふふふ……こっちの状況を解決してからの、楽しみが出来たね？　こっちが全部片付いたら、応援に行こうよ。ついでに竜の干し肉のお土産も直接届けられるし——兄様の喜ぶ顔も見られるよ、ラニ」

「そうね。ふふふふ——ラファ兄さまがクリスの胸元《むなもと》を見て喜ぶように、よく揉《も》んで、もっと大きくしとかなきゃ——！　美味しいお肉と、可愛《かわい》いクリス。どっちもラファ兄さまには最高のお土産だからね！」

「こ、こらラニ……！　何馬鹿な事を——ひゃんっ……!?　だ、だめ止めて、止めてってば——！」

美しい星空の下に響《ひび》くイングリスの悲鳴は、それから暫くの間続いていた——

あとがき

まずは本書をお手に取って頂き、誠にありがとうございます。

英雄王、武を極めるため転生すの第六巻でした。楽しんで頂けましたら幸いです。

今巻も本業が忙しく、何度か締め切りを伸ばして頂いたりもしましたが、何とかこうして続きをお届けする事が出来ました。いや、無事に出せて良かったです。

で、前巻のあとがきでも少し触れていましたが、結局会社は退職して暫《しばら》く専業でやっていく事にしました。数年後泣きながら兼業に戻っているかもしれませんが、その時は前の会社がまた雇《やと》ってくれるらしいです。ありがたい。

という事で、今後はまたペースを取り戻して頑張って行きたいと思います！

丁度お話し的にもいい所ですし、盛り上げていきたいです。

最後に担当編集N様、イラスト担当頂いておりますNagu様、並びに関係各位の皆さま、今巻も多大なるご尽力をありがとうございました。では、この辺でお別れさせて頂きます。

次巻予告
大戦将イーベルの策略により、
貴重な食糧源かつ訓練相手である
神竜フフェイルベインを取られて
心底がっかりするイングリス。
しかし
そんなことは些末と思える事態が、
確実に迫っていた。

HJ文庫 https://firecross.jp/
969

英雄王、武を極めるため転生す
～そして、世界最強の見習い騎士♀～ 6

2021年12月1日 初版発行

著者―― ハヤケン

発行者―松下大介
発行所―株式会社ホビージャパン

〒151-0053
東京都渋谷区代々木2-15-8
電話 03(5304)7604（編集）
03(5304)9112（営業）

印刷所――大日本印刷株式会社

装丁――BELL'S GRAPHICS／株式会社エストール

Printed in Japan

ISBN978-4-7986-2675-8 C0193

ファンレター、作品のご感想お待ちしております

〒151-0053 東京都渋谷区代々木2-15-8
(株)ホビージャパン HJ文庫編集部 気付
ハヤケン 先生／ Nagu 先生